GOBOOKS
& SITAK
GROUP©

GOBOOKS & SITAK GROUP©

三日月書版

三日月書版

volume
4
matthia 著
hinayuri 繪
「無威脅群體庇護協會」
Unthreatening Creature Protection Association
三日月書
BL05

Unthreatening Creature
Protection Association

# 無威脅群體庇護協會

Unthreatening Creature Protection Association

## Contents

德維爾・
克拉斯
Unthreatening Creature Protection Associatio
Character : Deville Coraci
Profile
性別：男性
職稱：「無威脅群體庇護協會」救助部門－調解員
擁有「真知者之眼」的神祕人類。
Deville Cora

# 約翰·洛克蘭迪

Unthreatening Creature Protection Association
Character : John Lockland

*Profile*

性別：男性

職稱：「無威脅群體庇護協會」救助部門－調解員

備註：克拉斯的搭檔

個性溫和勇敢的平凡血族。

John Lockland

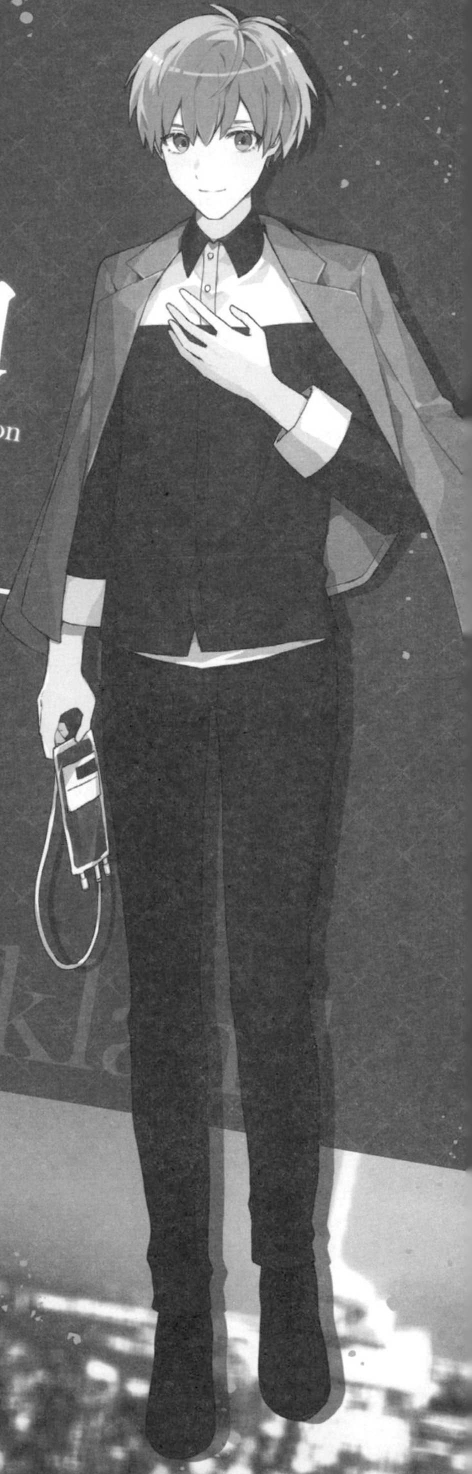

Unthreatening Creature
Protection Association

# Chapter 24

## 狩獵倒數計時

▼
▼
▼

長途巴士在凌晨抵達終點。有幾個旅客選擇去鎮上的通宵酒吧喝幾杯，也有的熟門熟路地找到父母或祖父母的家。

克拉斯在夜色中照地圖繼續前進。樹林深處，獸類在窸窣作響，角鴞夜啼，撲扇著翅膀擦過枝葉。這裡一路上都沒有任何照明設施，得靠手電筒看路。

過去的三年裡，克拉斯無數次獨自在人煙罕至處行走，就像當初在匈牙利的森林中帶著佐爾丹和米拉一樣。自從回憶起一切後，他似乎缺失了害怕黑暗的能力，甚至夜風還會讓他有點興奮，身周的一切都在提醒他，他經歷著的是人的生活，他自由而且找到了活下去的理由。

克拉斯數次停下來，用頭和肩夾著手電筒，對照指南針看地圖。目的地很偏僻，手機上的地圖軟體根本沒有收錄。他希望能在天大亮前找到約翰家，白天敲門也許會無人回應的。

他有點好奇約翰的家庭：普通女工出身的母親，轉化了一家人的父親（或者說繼父），以及被收養的年輕血族妹妹。

克拉斯忍不住覺得，如果約翰父母的邂逅發生在當代，簡直就是活生生的吸血鬼愛情小說典範：普通人類女性遇到具有神祕魅力的男子，男子將她從平凡的生活中帶到不可思議的世界。他們墜入愛河，可那男人其實是吸血鬼，他在愛情與本能中掙扎，最終他所愛的女郎決定接受初擁，和他一起成為黑暗中的生物，一起在月光下起舞……多麼典型的故事！

——只有一樣不太符合傳統，這位女性年輕喪偶，還有個兒子，根本不是十幾歲的女學生。

與此同時，西灣市內正在進行一場隱祕的搜捕。

人類獵人小心翼翼地探查，血族們巡視於高矮不一的建築之間，有一部分和協會交情不錯的虛體生物也加入了他們。其中包括兀鷲和海鳩。他們剛回來，麗薩把克拉斯的事情告訴了他們。

其實他們並不懂幽暗生物是怎麼回事，而且協會的人也聽不懂他們在說什麼。只有克拉斯能聽懂，可是沒人知道克拉斯在哪裡，他們寧可不知道。

得知要搜捕石人和蛇髮獸，瑪麗安娜捶胸頓足。「如果我還是個蜥人該多好！那樣我就可以幫上忙了！」

身為洞穴蜥人時，她雙眼全盲，靠其他知覺來行動。現在她是人類了，即使閉上眼也不再具有這些優勢。

每個獵人都非常緊張。他們只能尋找，不能進攻，要靠有持物能力的幽靈控制住蛇髮獸，然後讓驅魔師從遠距離施法。而對付石人則有另一個辦法：靠膠質人，膠質人可以說是石人的天敵，或者說，想要吞裹融化東西的膠質人是任何事物的天敵。只可惜西灣市胃口最大的膠質人女士現在在地堡監獄裡，能幫忙的只有兩位膽子略小的膠質人好市民，他們說會盡全力試試吞裹石人的雙腳。

城市很大，協會的人無法及時得知這幾小時內是否有人被害。於是，他們聯繫了約瑟夫老爺。約瑟夫老爺發動貓群外出巡邏，牠們不搜尋怪物，只負責尋找是否有疑似受害者。

黎明前，獵人們收到了第一起目擊彙報，石人和蛇髮獸可能曾出現在某條街區。緊接著不久，從約瑟夫老爺那裡傳來惡耗，有三個人類青少年遇害了，他們被化為石像時維持著驚恐的表情。獵人們擔心慘劇會一再發生，除了盡全力繼續搜尋外，他們也沒有更快捷的辦法。

「我想知道，那個『梅杜莎』是怎麼被抓住的？」卡爾問。他正和約翰一起巡邏。

約翰也只知道個大概。「她本來一直在新柯克市活動，是某個人類黑幫頭目的殺手。天知道那些人類是怎麼認識她的。嚴格來說，她進行的是人類幫派之間的那種仇殺，但她是個蛇髮獸，事情的性質就不一樣了。她被當地獵人追殺，逃到了西灣市，有人看出她是怪物偽裝的，就把魔法藥劑摻在她點的外賣裡，讓她昏了過去。之後那人打了電話給協會。」

「原來梅杜莎還會叫外賣……」

「蛇髮獸也是要吃飯的。」

時間一分一秒過去，天際已經泛白，血族工作人員很快就將不得不停止搜索。凌晨五點多，約翰接到麗薩的電話，她很焦急，希望約翰和卡爾能通知身邊的幽靈，一起趕去鳶尾酒店。

「因為塞伊和愛瑪在那裡！」麗薩說，「我叫傑爾教官通知了他附近的幽靈，我也會趕過去。因為實在是太危險了，他們隨時可能……」

約翰很少見到她這麼慌張，「等等，麗薩，誰是塞伊和愛瑪？」

「我的另一個哥哥，以及他妻子。他們一直在國外，剛回來幾天，我們母親的生日要到了。」

「他們遇到危險了？」

「是的，」麗薩看了一眼正負責開車的卡蘿琳，她難得地沒有阻止卡蘿琳的一系列危險駕駛方式，「剛才塞伊打了電話給我，他在酒店大廳看到了佩姬……那個蛇髮獸，她在找他們！因為……識破她的身分、把她毒倒並通知協會的就是他們夫婦。」

「塞伊不是商人嗎？」

「是，但他也是黑月家的成員，多少懂些相關知識，攜帶點自保的魔法藥劑什麼的。蛇髮獸佩姬穿著頭紗和長袍，塞伊說，他無意間看到了她手腕的皮膚，認出了這可能是什麼生物。發現佩姬回到鳶尾酒店後，塞伊和愛瑪已經離開了房間，他們說佩姬在循著每層樓找他們……現在他們得在不遭遇她的前提下，儘快離開酒店。」

約翰點點頭，「我聽說過，蛇髮獸是一種睚眥必報的生物。她們會仇視哪怕對她們有一丁點冒犯的人。麗薩，你們千萬不要貿然走進酒店。」

「我知道，」麗薩說，「我會先趕過去，等合適的機會再出手幫忙，你們也小心。」

「等等，麗薩，」約翰問，「妳哥哥看到的只有蛇髮獸一個嗎？」

「是的，只有她一個。我特意問了關於石人的事，塞伊說沒有發現可疑的人。」

他們都想到，也許石人不在「梅杜莎」身邊，也許他已經成為了人類。

五點三十分時，西灣市的驅魔師和獵人們幾乎包圍了鳶尾酒店。有些人小心地走進去，也有些在暗處埋伏和監視。

麗薩和卡蘿琳混進了酒店的監控室，值班的保全被迫暫時昏睡。卡蘿琳用手機幫塞伊指路，引導他們避開蛇髮獸；麗薩想把這事告訴路希恩，可研究室的電話無人接聽，路希恩的手機又是關機狀態。

她本該早就習慣了路希恩不開手機，路希恩一向如此，通常只能等他主動找別人。而今天麗薩沒辦法冷靜下來。她撥通夏洛特的電話。夏洛特的聲音有點疲倦，關切地問發生了什麼事。

麗薩把情況簡單地說了一遍，夏洛特沉默片刻，說：「親愛的，抱歉，我可能幫不上什麼忙。妳知道的，路希恩的生活很……老派，在現在這個時間，我們誰都聯繫不到他。」

「我知道，我也很抱歉，我有點情緒不穩定，」麗薩說，「其實找到他也沒用，他又不能過來幫忙。只是，塞伊可能有危險，我覺得應該告訴他。夏洛特，真抱歉，打擾到妳的私人時間了。」

夏洛特說：「沒關係，真的沒關係。對了，我建議塞伊先生不要掛斷電話再重撥，也不要說話，只聽著就好。因為蛇髮獸的聽覺很靈敏，談話聲和手機鈴聲會引導她找到位置的。」

「嗯，我知道，我們也是這麼告訴他的。」

掛斷後，夏洛特站在矮丘上，望向低處樹林外的燈光。幾道黑影在她身後低聲交談幾句，紛紛遁入密林。夏洛特撥通某個號碼，名字是愛瑪・辛格爾。愛瑪沒有使用黑月家的姓氏。

將近六點時，在郊野偏遠的樹林外，克拉斯隱約看到亮著燈的老房子。

他走出灌木叢，沿著籬笆邊的小路來到略顯狹小的獨棟房屋前。屋子裡有人在彈鋼琴，技巧生澀，斷斷續續，在他踏上屋前的木臺階時，演奏完全停止了。他微笑，想像出約翰的父母隔著門警惕外來者的模樣。

他輕輕敲門。屋裡傳來一道低沉的男聲：「是誰？」聲音很近，他不是從屋內走過來的，而是貼在門後。

「我是德夫林，約翰・洛克蘭迪的朋友，他應該提過我。」克拉斯回答。

屋主把門打開一道縫，借著月光，克拉斯能看到他蒼白的面孔和血紅色的雙眼。

血族往後退了一步，示意克拉斯可以進去。「我是羅伊，」他對克拉斯伸出手，「約翰的父親。他確實提過你要來。」

羅伊看起來就像三十多歲的人類，身材高大但很瘦，襯衫在身上顯得空蕩蕩的。他的金髮散在肩上，兩頰有薄薄的鬍渣，整個人的氣質確實不像這個時代的產物。

克拉斯和他握手時，他的眼底閃過一絲驚訝，隨後轉為溫和的笑意。屋裡走出一位身穿碎花連身長裙的女士，小心翼翼地看著他們。她應該就是約翰的母親——作為人類時的母親。她的外貌比羅伊更年長，最少也有四十五歲。而作為血族，實際上她的年紀和約翰差不多。

「這是左拉，我的妻子。」羅伊介紹道。

左拉沒有上前握手的意思，只是交握雙手靦腆地點點頭致意。她身上還保留著那種舊時代女性的羞澀氣質。

羅伊帶克拉斯走進客廳。剛才彈琴的是個十來歲的小女孩，她從琴椅上跳下來，興奮地站到克拉斯面前，不停打量他，直到羅伊提醒她這樣不禮貌。

「對不起，老爸，我只是覺得不可思議，我真的見到驅魔師了！」她叫羅伊「老爸」而不是「父親」，克拉斯記得，約翰對羅伊的稱呼都一直是「父親」。

「準確來說，我不是驅魔師，」克拉斯說，「和約翰一樣，是調解員，當然也偶爾充當獵人，給他們幫幫忙。」

「你殺過的最恐怖的怪物是什麼？」小女孩問。

羅伊再次瞪視她，「珍！別再這樣……」

「呃，沒關係，」克拉斯對羅伊笑笑，「其實，我們這些人平時總是得裝成賣保險的、社會培訓班經理人、推銷員什麼的，能像現在這樣毫不掩飾地談話，我還挺開心的。」

他回到珍提出的問題，「我本身沒有獨自殺過什麼恐怖的怪物，不過，約翰倒是打敗過惡魔好幾次。」

「惡魔！」珍非常興奮，拉著克拉斯坐到沙發上，「約翰不告訴我細節，可我早就想到他在做的是很帥的工作！畢竟家裡靠他都能裝網路線了！」

「這是什麼因果關係……」

「就是，自從他在你們那個公司就職，似乎辦了什麼證照，我家就可以連線到網際網路了！多夢幻的工作……」

大約六點零五分，傾斜的晨光已經覆蓋上樹林。左拉去收拾給客人用的房間，羅伊想叫珍去休息，走過窗邊時，他迅速撤回腳步，警惕地看著窗外，退到更暗的地方。

「先生，你是一個人來的？」他問。克拉斯點點頭。血族的反應讓他也緊張了起來。

「有人跟著你。或者，也可能是來找你的。」

從樹林的不同方向走出來六個人，四男兩女。他們不再隱蔽，走進清晨的陽光下，一步步靠近，圍攏羅伊家的房子。

克拉斯靠近窗戶。太陽已經完全升起來了，光從窗簾縫隙裡鍍上他的臉。他退回來，低聲告訴羅伊：「六個狼人。」

左拉緊緊抱住珍。羅伊震驚地看看克拉斯，又望向門扉。

清晨六點零五分左右，距西灣市一百八十多英里外的郊野，狼人走上小屋的門廊，一個堵在門口，其他幾個來到窗前。

不遠處的樹林裡，夏洛特仍在和愛瑪・辛格爾通話：「是的，路希恩很擔心你們，但他現在很忙……」

「他怎麼不來救我們！」愛瑪用手遮著嘴抱怨，「塞伊說過，路希恩和麗茨貝絲專門研究這些該死的怪物，這事就應該讓他們來應付！我們根本就不該被捲進來……」

「路希恩在想辦法了。你們現在到幾樓了？還沒到樓下嗎？」

塞伊也拿著手機，一直沒說話，根據卡蘿琳的指揮來行動。他反覆暗示愛瑪放低聲量，可愛瑪太驚慌了，說著說著就忍不住把聲音提高。

六點零七分，鳶尾酒店內。

蛇髮獸的身影在監視鏡頭中消失了，也許她躲在了死角或通風系統內。酒店裡還有其他住客，並不是只有塞伊和愛瑪。蛇髮獸雖然全盲，卻可以靠心跳和氣味辨別獵物，她完全可以在保持一段距離的情況下辨別出要找的人。

六點十一分，愛瑪・辛格爾暫時掛斷了和夏洛特的通話。在這之前，她說他們乘上電梯，準備和大廳裡接應他們的獵人會合。協會派人冒險進入酒店，接應塞伊夫婦，並擾亂蛇髮獸的感知。

六點十二分，三號電梯剛滑過三樓，駛向一樓，愛瑪的手機鈴聲大作。她飛快地接起來，夏洛特問他們搭的是幾號電梯，並告訴她：路希恩的人就在門外接應他們，為保安全，你們最好在打開電梯門後閉上眼，等被引導離開酒店大廳後再睜開眼睛。

同時，蛇髮獸佩姬突然出現在酒店大廳。

在幽靈、獵人和驅魔師們準備動手前，潛入機房的約翰與卡爾切斷了大廈的供電，監視系統也同步失效——大廳中即將發生的事不能被記錄下來，也不能被人清晰地目擊。

備用電力尚未啟動，大廳裡一陣騷動。蛇髮獸感知到了三號電梯內的異常響動，她衝過去，扯下頭巾。她能感覺到，身邊還有個在等電梯的普通人類，但這人卻沒有一點反應，沒有驚叫，也沒有死去……她不知道此時光線的變化，也看不到這個人究竟為何不受影響。

六點十四分。具有持物功能的幽靈與驅魔師配合，森白透明的死靈屬性長劍刺入蛇髮獸的肢體。

她掙扎反抗，恐怖的嘯叫聲響徹酒店的一樓大廳。櫃檯工作人員被獵人按著頭蹲下，驅魔師念咒語的聲音響起。

三號電梯口一陣騷動，人類暫時看不清究竟發生了什麼。十幾秒後，在備用電力使大廈恢復照明前，幽靈把梅杜莎的面孔包裹住，獵人將她的屍體拖進樓梯間。

大廳再次回復明亮。酒店的工作人員和協會的人都十分錯愕。前者不明白發生了什麼，而後者感到疑惑的是：三號電梯明明早就應該到了，現在它卻重新關上門，升回了樓上。

六點十五分，洛克蘭迪家小屋外。

晨曦透過厚厚遮光窗簾的縫隙，在小屋的地板上投下細線。這條線不時被黑影遮擋——狼人圍堵了每個可能的出口。羅伊可以霧化逃走，可是左拉與珍都沒有這個能力。

克拉斯撥通約翰的電話，忙音響了很久才接通。

「我們幹掉蛇髮獸了，」約翰正和其他人趕往樓上，想搞清楚電梯裡究竟發生了什麼事，「等等，什麼？狼人？為什麼？」

得到克拉斯的回答之前，他先看到了另一個答案：獵人們來到酒店十樓，三號電梯敞著門，因為門被東西擋住，無法關閉。

擋住門的是塞伊的屍體。他腳向外，頭向內，根本不是自己倒成這個姿勢的，只可能是被人故意拖動成這樣。愛瑪則躺在電梯裡面，握著手機。

他們的膚色都變得十分恐怖，青紫中夾雜著暗紅，就像皮膚之下完全化為肉糜一般。可他們身上又沒有任何外傷，即使是血族們，也沒察覺到什麼血腥味。約翰完全愣住了，一時沒聽清電話裡克拉斯在說什麼。

他只聽到卡蘿琳在大叫：「是那個人！等電梯的人！他趁我們忙著對付梅杜莎時……」

直到手機裡傳來玻璃碎裂的巨響，和女孩驚慌的慘叫。約翰打了個冷顫，問克拉斯發生了什麼事，然而通話突然中斷，不知道是手機故障還是摔落了。

六點十七分。狼人們紛紛獸化，撕裂屋門、撞碎窗戶衝進屋內。

左拉緊緊抱住珍，盡可能站在陰影中，防止女兒被突然泄入的日光傷害。珍還太年輕，即使是清晨的陽光也會殺死她。

約翰重撥數次，手機再也無法接通。

血族不會有寒意，可此時他卻彷若置身冰冷的海底，恐懼蔓延四肢百骸。

六點二十分。

足足有九英尺高的直立巨狼包圍住屋裡的人，慢慢移動腳步，發出威嚇的喉音。羅伊渾身緊繃。他有面對狼人的經驗。獸化後的狼人具有犬科群居動物的習性，面對牠們時不能顯得畏懼，不能表現得像個獵物，必須展現出氣勢與其對視。還有，牠們如果是群體出現，必然會等待領頭者的命令才進攻。

外表柔弱的左拉摟著養女，瞪視著敵人，眼睛紅得像在燃燒。

剛才不小心掉在地上的手機已經被狼人踩碎了。克拉斯手持以前常用到的銀色馬刀——這是約翰留給他的，只可惜，他很清楚自己並不擅長格鬥，在狼人的速度與力量下，他也來不及施法。

真知者之眼是否已經再次失效了？這個念頭湧進克拉斯的腦海。他無法判斷是不是確實如此。現在室內沒有任何生物進行偽裝，他無從驗證。

如果真知者之眼失效了，他可能會再次瀕臨失控邊緣。過去的三年內，他能基本上控制自己，但仍做不到絕對的掌控。

而現在，也許使用魔鬼的力量是最好的選擇……六個狼人又能怎麼樣？在黑曜石薄刃之下，牠們只能化為碎屑。

克拉斯不得不承認，此時此刻，殺戮的欲望已經開始湧動。他想放棄手裡的銀刃，讓意識滑入黑暗深淵，讓魔鬼德維爾．克拉斯來結束這一切。

可他不敢這麼做。另一個聲音不停在提醒他：你會連約翰的家人一起殺死的。甚至，你確實不惜將他們也一起殺死。因為你已經想到了，敵人很可能是朝你來的。你畏懼，不想屈服，你嘗到了生為自由之人的甜頭。

羅伊驚訝地發現，身邊的人類似乎有什麼地方不對勁……「德夫林先生」的體溫在快速下降，心跳緩慢得不像人類，儘管如此，他的生命體徵卻沒有消失。

他看向克拉斯，被他的眼睛嚇了一跳——克拉斯的眼白出現數條明顯的粗血絲，黑眼珠變成了絕對的黑色，沒有瞳孔和睫狀體，沒有光線的變化。

左拉想把遮光窗簾扯過來，狼人跳到她面前，一把將她掃倒在地。她怒吼著跳起來，狼人卻大笑著撕開了整個窗框。更多的陽光照進來，珍狼狽地蹲在屋中的一點點陰影裡。羅伊和左拉，兩個血族無法戰勝六個狼人。

就算再加上克拉斯也一樣，作為人類，克拉斯恐怕連一個狼人也對付不了，而另一種力量……卻可能會毀滅眼前的一切。

「不如我來給你點建議吧，德維爾・克拉斯先生。」屋外傳來耳熟的聲音，夏洛特站在已經被卸掉的門外。

「讓我們先來分析一下。羅伊先生是經驗豐富的年長血族，也許兩個狼人才能對付他一個。而左拉，她不僅缺乏戰鬥經驗，還會因為陽光而遲緩、痛苦。至於年輕的珍……據我所知，她還十分年幼，暴露在陽光下會讓她立刻灰飛煙滅。」

「妳是……路希恩的助手？」克拉斯盯著她。

夏洛特繼續說：「方案一，你可以什麼都不做，我有六個狼人戰士，四個攻擊羅伊和左拉，剩下兩個一個盯著你、一個把珍拖到陽光下。方案二，你有足夠的力量，可以殺掉我們所有人，我們無力反抗。運氣好的話，也許你不會傷到這一家吸血鬼，要是運氣不好呢……要嘛你連他們一起殺死，要嘛不小心毀掉這棟屋子，讓珍享受一下陽光的溫度。你可以賭一賭，也許你願意相信自己的控制力。」

克拉斯記得，以前去路希恩那裡檢查身上的法術痕跡時，夏洛特對他非常照顧，還曾開車送他回家。他隱隱覺得不太對勁，就算路希恩執著於找到他，也不該是用這種方式……

「妳想讓我跟你們走。」克拉斯看著她。

夏洛特點點頭，「是啊，克拉斯先生。方案三，你跟我走，我們就此遠離這家人。」

「妳一直在找我？」

聽了這個問題，夏洛特輕輕瞇起眼睛。「也許……可以這麼說。只不過，以前我並不知道該找的就是你。」

「我想也是，」克拉斯說，「妳，不，你們，你們一直在尋找魔鬼碎片。從我離開匈牙利起就一直在找。」

他們之間隔著一個狼人，狼人低吼著，阻止他再靠近。夏洛特聳聳肩，「我沒去過匈牙利。這只是我的工作。」

「我懂了，妳是奧術祕盟的臥底，」克拉斯看著她，「路希恩也真是愚蠢，竟然一直都沒發現？」

「黑月家的研究者都是如此，」夏洛特說，「他們感興趣的是學術價值，而不是人的私生活。在他身邊隱藏真是再簡單不過。好了，我們不該總聊這些無關緊要的事，說說你的決定吧，和我走？還是？」

「妳不相信我，我也不可能相信妳，」克拉斯說，「妳不一定會守信用放過他們，而我也完全可以先和妳一起走，再殺死妳。」

「不試試怎麼知道。」夏洛特拎起腳邊的皮箱，打開，裡面是一件黑色長袍，織物上有若隱若現的暗線，就像血族丹尼穿的那種，甚至比他的更厚。

「無威脅群體庇護協會的克拉斯先生一定知道這是什麼。它可以幫助血族抵抗陽光。現在，我把它送給血族女孩。條件是，我得把這個——」她又從箱子的隔板內拿出一劑注射劑，「注射給你。」

夏洛特退開一步。狼人接過長袍，扔在客廳中間。其他狼人在命令下撤開包圍圈，退到夏洛特與克拉斯身邊，給血族們留出逃跑的路。克拉斯被一個狼人按住身體，夏洛特拿著針劑，從身後靠近。

「妳要帶我去哪裡？」克拉斯問。

「好了，你們的協會又不是第一次和我們打交道，就別問沒意義的問題了。我能告訴你我們的基地位置嗎？」

看到狼人退開，珍手忙腳亂地扯過黑袍穿上，羅伊將她和左拉護在身後。

「克拉斯？」羅伊盯著克拉斯，「你是德維爾・克拉斯先生？我知道你，約翰和你是……」

「帶她們離開這裡，羅伊先生。」克拉斯說。他的話音剛落，針頭已經扎進頸部的血管。

那瞬間，他差點被一陣黑暗的衝動吞噬。他忍住了，他不想用洛克蘭迪一家的安全來賭，他無法保證自己的人性能贏。

「我不能就這麼把你交給他們！」羅伊示意珍先離開，他自己一步都不動。

「我能保護自己。如果不信，你可以問約翰。」

克拉斯微笑著。他驚訝地發現自己的意識開始模糊，手腳發軟。起初他還以為夏洛特給他注射的是什麼魔法藥劑，現在他才發現並非如此，這是普通的、針對人類身體的化學藥物製劑。

魔法藥劑的功效有可能被魔鬼的靈魂抵抗住。可針對人類身體的催眠與鬆弛劑卻不然，只要他此時此刻還算是人類，它就會生效。

「跑，不要讓我白白這麼做。」克拉斯用最後的意識對羅伊說。

左拉帶著珍跑向茂密的樹林。日光讓她們不得不閉著眼，幸好黑色長袍確實能起作用，珍並沒有因為陽光受傷。羅伊握了握拳，轉身跳出屋子。

在克拉斯的意識中，蠢蠢欲動的黑暗暫時變得模糊，遠去，但並沒有消失。他希望夏洛特快點將自己帶走，隨便去哪裡都可以。他總會有醒來的時候。

他不再擔心，不再害怕，甚至還暗暗有種快意：你們需要我，所以我會醒來的。到那時，我不必保護任何人，不用再時刻維持清晰的人類意志。

那時，我可以任意切開他們的喉嚨，粉碎他們的身體。

狼人將昏迷的克拉斯扛在肩上，跟著夏洛特從來的方向離開。夏洛特叫兩個狼人跟著自己，對另外幾個說：「血族的速度很快。還追蹤得到他們嗎？」

「我可以試試，女士。」其中一個說。

「那就去試試吧，找到他們，殺了他們。趁著現在是白天。」

跟隨夏洛特的兩個狼人回復人形，是一男一女。他們上了一輛小型運輸卡車，男人帶著克拉斯鑽進載貨廂，用鐐銬將克拉斯鎖住。女人和夏洛特一起坐進駕駛前座。

夏洛特看了一眼地圖，「我從西灣市開車去過好多次，從這裡走倒是頭一回。不過，似乎距離並不遠。妳來開車，我幫妳指路。」

「我們要去哪裡？」狼人問。

「黑月家。」夏洛特微笑著說。

現在是清晨七點多，路希恩接到夏洛特的電話。

「路希恩先生，我追蹤到克拉斯了，是的，確定是他。」

在幾分鐘前，路希恩剛得知塞伊和愛瑪的死訊。他一時不知道該先做什麼，每件事聽起來都不像是真的。他沒戴眼鏡，眼前的書本、通訊錄都有些模糊。對著衣櫃時，他連伸手拿出一條領帶的力氣都沒有。

「好，我知道了。」理智告訴他，塞伊的遇難和追蹤魔鬼是兩件事，他在和人談魔鬼，而不是塞伊，可塞伊的死卻不停在他腦中盤旋。

「路希恩先生，沒事吧？你好像很疲倦。」

「我沒事。但我……我可能暫時不能去處理克拉斯的事，」路希恩去床頭櫃上摸眼鏡，卻差點被腳下的羊毛毯絆倒，他坐回床邊，深呼吸，「妳先替我跟著他，別跟丟了。我有些別的事……」

夏洛特長呼一口氣，「可是，先生，這條路是……我是說，我正在追蹤他，我們就快到黑月家了。」

「什麼？」

「我們不敢離得太近，他似乎想找黑月家，但他應該不知道具體地址。」

「這不可能啊……」比起疑問，路希恩更像在自言自語，「妳先去黑月家，要趕在他之前到，我會打電話給管家謝斯林，告訴他妳要過去。夏洛特，抱歉讓妳捲入得這麼深，妳得抓緊時間替我把現在的情況告訴我的家人。」

「我明白。先生，這是我該做的事。」

「謝謝，我也會盡快趕過去。」

路希恩狼狽地打理好自己，這是他第一次隨手抓起沒熨燙的襯衫，連領口都沒扣好就披上大衣匆匆出門。

協會抓到了殺死塞伊夫婦的候梯人。這得歸功於約瑟夫老爺的貓，是貓為他們提供了線索。

令大家吃驚的是，他就是救走蛇髮獸的「石人」。蛇髮獸能把石人變為人類的傳言是真的，他現在是真正的人類，有柔軟的肢體和頭髮，五官輪廓和昔日的石頭面部一樣，聲音、身姿也毫無差別。

但變成人類的他失去了石人的力量，身體也不再堅硬，這讓他很不習慣，非常緊張。當獵人找到他時，他在反抗中受了點小傷，頓時嚇得不敢動彈，因為他以前從未疼痛過，從未出血過。他很容易就被制服了，之後，他不得不說出一切。

如之前協會成員猜測的，他是個一直隱祕地生活著的石人。直到他被一些研究者找到。那些人說有辦法讓他變成人類，像人類那樣自由地生活。那些人提供了「蛇髮獸」的線索，提供防護魔法物品，讓他去救出蛇髮獸，並把盲眼的蛇髮獸帶回鳶尾酒店。而提供線索並非免費，那些人叫他殺死兩個人。

凌晨時，他一直在大廳徘徊，直到有人打電話告訴他塞伊正乘三號電梯下行。他等在電梯外，手裡拿著事先拿到的針筒。

針筒裡是一種魔法藥劑，配製方式複雜。古魔法書籍上將它稱為「懼噬軟膏」，如果塗在皮膚上，它能將人毫無規律地改變成另一種外貌特徵，效果如何完全不可預知，通常受害者的外貌會變得極為可怖。

而現在它被稍加改良，改變性狀，做成了針劑。受害死者的血管、肌肉會發生令人作嘔的變化，可表皮卻不會有任何破損。

電梯門打開前，酒店的電力中斷。石人毫不擔心，他們習慣在黑暗中摸索，這種感知能力不會因變成人類而消失。在他動手殺人時，借助身後一點點微光，他發現電梯裡的兩人竟然閉著眼……他們是在防備蛇髮獸。但石人並不明白這是為什麼，他也懶得細想，就按照交易內容動了手。之後他關上電梯門，讓電梯重新上行。到十樓時，他曾嘗試把屍體拖出去，卻發現對現在的自己來說屍體太過沉重。於是他將塞伊拖行了一半，便放棄並離開了。

「是誰委託你的？」傑爾教官問。

他們在石人身上找到些普通武器，還有很多已經用過的防護魔法用具，還有類似艾麗卡那把力場槍的東西，看來他就是靠它們在爆炸中保護自己的。石人承認，這些東西都是委託人給的。

「我不知道，她也不會告訴我。」石人說。現在他僅僅被拷在椅子上，他的身體是個人類了，連隔離室都用不到。協會辦公區現在幾乎是廢墟，也確實沒有隔離室了。

「她？」

「是的，是個女性。」

傑爾教官點點頭，「那麼，她是誰？」

「我不知道。真的不知道。我只能確定，她有手下，可能是人類也可能不是，似乎很危險。我從來沒見過她本身的長相，只聽過聲音，就是個人類女性的腔調，本地口音。我沒有撒謊，如果你要和人做危險的交易，你會輕易把身分亮出來嗎？」

「她既然給了你槍支，又為什麼讓你必須用懼噬軟膏殺人？」

「她對我講過你們……無威脅群體庇護協會，還有西灣市驅魔師、獵人的事。你們之中有血族，還有別的什麼生物。就算是消音槍也很容易被你們的人聽見，不管在哪裡動手，如果我不能一槍殺死目標，接下來就可能被你們阻止。哦，還有，她還告訴我，人類挨子彈不一定會死，也可能會被送去醫院搶救，之後還能活過來。所以，用槍殺人得讓專業的幹，我不專業，就用懼噬軟膏……醫院救不活被這東西殺死的人。」

「既然你已經變成人類了，為什麼還這麼守信用地為她殺人？你大可以一走了之。」

「因為她是施法者，而且她還有怪物手下。而變成人類後，如果我不守信用，她會來對付我的。」

「寧可變得弱小，你也要當人類？」

「石人比人類強大，但沒有人類自由，所以我寧可變弱一點，也想過人類的生活。」

他交待出一切，因為委託人的利益不再與他相關，他不需要維護她。傑爾教官很不甘心——變成人類的石人非常麻煩，從生理或倫理的角度上來說，現在他是個真正的人類了，協會的獵人似乎無權處決他，該怎麼處置他成了難題。顯然，石人自己也知道這一點。這是令協會的人們最覺得不舒服的地方。

麗薩靠在一邊的牆上聽著，眼睛熬得發紅。無數念頭像電流一樣在腦海裡流竄，她難以抓住其中任何一個。無論注視何處，她的視野裡都會出現塞伊和愛瑪恐怖的死狀。

她能確定，不論是誰，對方的目的是殺死塞伊夫婦，蛇髮獸或石人都只是工具而已。

塞伊夫婦只是商人，和古魔法領域無關；他們死於魔法藥劑，這代表幕後的凶手是研究者。想要安排得細緻無誤，她就必須既瞭解協會，也瞭解、甚至熟悉塞伊夫婦……可是，既然對方是研究者，那麼她應該有無數方式能暗殺塞伊夫婦，她為什麼要用這麼迂迴曲折的方式？先告訴石人如何成為人類，再以此為條件讓石人殺死目標……這過程怎麼想都太複雜了……

也許，一手策劃這些事的人並不在西灣市，又或者，出於某些原因，她必須採用很迂迴的方式，不能親自執行……

「麗薩，妳沒事吧？」卡蘿琳擔憂地看著她。

麗薩的臉色蒼白得像約翰的同類，視線直直的，一動也不動。她剛想說點什麼，手機便響了起來。是路希恩。之前她剛和路希恩通過電話，是她把塞伊的死訊告訴他的。

傑爾教官還在對石人問話。卡蘿琳被麗薩逐漸變化的表情嚇了一跳。

通話很簡短，麗薩的轉述也很簡短：「路希恩找到了克拉斯，正在追蹤他。他們現在都在我家附近。」

「天哪，瑪麗安娜還在家呢！」卡蘿琳轉身就跑。

「不是我們家！是我家！」麗薩連攔她的力氣都沒有，幸好卡蘿琳聽見了，「是黑月家的祖宅。」

史密斯一直在負責觀察石人是否撒謊，此時他突然想到個問題：「約翰在哪裡？」

「我不知道，」卡蘿琳說，「現在這時間，他應該休息了吧。也許回家了？」

「約翰的車不見了，」從鳶尾大廈出來後，史密斯察覺到約翰不太對勁，還沒來得及詢問或讀心，約翰就不見了，「哦，按理說那是克拉斯的車，不過反正已經歸他了……難道他要迎著太陽開車回家嗎？」

麗薩愣了愣，忽然想到：「兀鷲！兀鷲和海鳩回來了，兀鷲是可以開車的！」

「難道約翰已經和克拉斯聯絡上了？」卡蘿琳問。

「那正好，也許我和他同路。」麗薩扶了扶眼鏡，伸手從卡蘿琳的夾克口袋裡掏出車鑰匙，向廢墟外走去。

卡蘿琳追在她後面：「妳要去哪裡？」

「當然是我家。」

「妳……把車鑰匙給我。」

「不，我需要它。」

卡蘿琳伸手抓住麗薩的肩，「好了，我來開吧。妳開車一向慢吞吞的，遇上車多排隊時就被堵在裡面鑽不出去，停車起步慢，剎車反應也慢。妳還近視，戴著眼鏡時視線充滿玻璃反光……等妳開到黑月家，克拉斯和約翰都在妳家客房上完床洗過澡了。」

麗薩回頭，一言不發地盯著她。卡蘿琳轉了轉眼珠，縮著肩，「呃……抱歉，是我不好。我不該在這種時刻和妳開玩笑……」

麗薩還是不說話，表情嚴肅得就像卡蘿琳又幹了什麼衝動的蠢事。

「為表歉意，我……替妳開車？好嗎？」卡蘿琳又問。

「這不是誰開車的問題，」麗薩說，「我是覺得，妳沒必要跟來。」

「為什麼？」

「路希恩對尋找克拉斯非常執著，他一直想研究克拉斯。我不認同，但能理解。因為黑月家曾經用魔鬼的靈魂獻祭，祖宅深處埋著魔鬼的屍骸。克拉斯失蹤了三年，現在突然出現了，還準備靠近黑月家……怎麼想這都不會是好事。」

麗薩舒了口氣，繼續說：「而且，這是黑月家的問題。不是協會的。」

卡蘿琳眨眨眼，「等等，妳認真的？你們家那個古堡有地牢、地牢裡關著很多怪物、地下還埋著魔鬼祭品，竟然都是真的？」

「我幾歲了？用這個逗你們玩？」

「那我就更得陪妳去了，」卡蘿琳一步靠過去，趁麗薩不注意奪走了車鑰匙，「既然我的車也是妳的車，那和妳有關的事，為什麼我不能管？」

「妳說反了，是我的車成了妳的……」

「都是一樣的意思。當初是妳嫌開車耗費精力，全推給我的。」

卡蘿琳走在前面。麗薩剛要趕上去，史密斯也跟了出來。「把地址傳給我吧，我也會帶人過去。」

「但是……」

「妳為什麼覺得這不是協會的事？」史密斯指了指自己左胸上的徽章，「無威脅群體庇護協會向需要幫助的超自然物種伸出援手，保護普通居民不受邪惡生物傷害，與友善的黑暗居民進行各種協作。妳看，黑月家是人類普通居民，而克拉斯呢……從工作上說，他要嘛是我們的救助對象，要嘛是我們的敵人；從私人角度來說，他是我們的同事，我們的朋友。」

他拍了拍麗薩的肩，「總之，妳和卡蘿琳先動身吧。在車上傳地址給我就行。現在直接對妳讀心讀不到很精確的語句，妳的思緒很混亂。」

上車之後，麗薩一直皺眉直視前方。她們的車駛出市區，卡蘿琳忍不住問：「妳覺得那確實是克拉斯嗎？他想去做什麼？」

「我不知道，」麗薩輕聲說，「好像……有什麼地方很模糊，說不通。」

「比如？」

「殺死塞伊和愛瑪的是誰，想要什麼？這件事和克拉斯的出現有沒有關係？我暫時找不到連繫，但又覺得絕不是巧合。」

卡蘿琳沒有立刻回答。她等著麗薩繼續說下去，麗薩卻不再出聲，於是她開口：「麗薩，我一直有個疑問，可能有關，也可能無關……」

「關於什麼？」

「當然是關於克拉斯。三年前，『原本的』克拉斯的母親米拉，曾經說起奧術祕盟長年研究魔鬼碎片的事。我記得妳還解釋過，這個『長年』不是三五年，而是數十年甚至上百年。還有，米拉和佐爾丹是巫師的孩子，從小就被當成巫師培養，從他們有記憶起，克拉斯就已經被關在森林深處的基地裡了。我是指，作為魔鬼的那個克拉斯。」

麗薩說：「確實是。據說奧術祕盟很久前就挖出了禁錮魔鬼靈魂的載體，研究一直在祕密進行。」

「那他們到底要做什麼呢？」卡蘿琳問，「妳看，黑月家也想得到魔鬼，這是因為你們的祖先用魔鬼獻祭，你們作為後代，想盡可能搞清楚和魔鬼有關的一切東西。我理解得沒錯吧？再看看其他機構，獵魔人組織一直認為該直接處決克拉斯，而不是抓捕他；協會總部則想活捉他，如果他沒有攻擊意圖，就妥善收容起來，隨時觀察……這些我都沒理解錯吧？」

「嗯。那麼，妳疑惑的是什麼？」

「奧術祕盟啊，」卡蘿琳說，「想找魔鬼的人都有各不相同的理由。那奧術祕盟當初到底是為什麼要研究魔鬼？他們想得到什麼？」

從過去的所有記載來看，奧術祕盟從來就不是單純的學者。他們與其他施法者的區別，就如巫術與古魔法的區別。他們信仰著殘酷而偉大的東西，願以巨大代價去實現更大的野心。遙遠些的記載先不論，近至幾十年前的歐洲戰場上都還留有他們累累罪惡的痕跡。

也就是說，對他們而言研究永遠不僅僅是研究。他們追求的不是取得知識本身，而是凌駕普通生靈之上的力量。

那麼……如果他們不打算用魔鬼碎片做些什麼，當初又為什麼要花那麼漫長的時間研究他？

麗薩把手肘撐在車窗邊，微微瞇起眼睛。

Unthreatening Creature Protection Association

# Chapter 25

## 黑暗的正午

鐵門被緊緊關上，鎖緊。夏洛特帶著黑月家的管家離開地下室長廊，走上臺階。

「其實我也不知道抓他是幹什麼用的，」夏洛特嘆著氣說，「路希恩先生沒有告訴你們嗎？」

管家回頭看看黑暗深處，搖搖頭，「他只說了妳會帶人來，但沒說具體的事。夏洛特女士，連妳也不知道發生了什麼事嗎？」

「我只能確定那不是人類，」夏洛特指指地牢，「也許是惡魔或者什麼別的。黑月家有巨大的古魔法圖書館，和適合關押黑暗生物的地牢，我想，路希恩先生是想回來查東西吧。」

管家送她離開地牢，回到上層莊園。夏洛特沒在黑月家久留，她是路希恩的助手，要去找路希恩會合。

不過，離開黑月家的莊園後，她並沒立刻遠離，而是和狼人躲在附近樹林邊際的護林小屋裡。從這個位置能清晰地看到黑月家莊園，要趕過去也很快。除了一開始跟隨夏洛特的狼人，還有數個狼人、人類悄悄出現在樹林裡，埋伏在各自的位置。

「我們什麼時候進去比較安全？」女狼人有些興奮。

夏洛特沒有回答。她緊緊握著一支古董象牙卷軸匣，胸膛起伏著，彷彿在努力平復情緒。

管家回到莊園主塔，準備到書房去。他距離地牢入口太遠，憑人類的五感，聽不到那些鎖鏈搖晃的聲音。

地下室很大，有數個房間，光線昏暗，空氣有些溼冷。不知道過去了多久。克拉斯仍然沒有恢復知覺，一動也不動，連思考的能力都沒有。

偶爾他能感覺到光線變化，能隱約察覺自己在被什麼人移動、碰觸……然後意識再度消失。

突然，他聽到了鎖鏈晃動的聲音，就在自己身邊……不，身上。聲音非常清脆，帶著血腥的味道，令人聯想起古老歷史中無數殘忍的畫面。然後是腳步聲，漫不經心的交談聲，時近時遠。

恍然間，他想起了匈牙利森林深處，幽深隧道之下的那個地方。

鋒利的閃光穿透了混沌，彷彿利劍刺入身體。

克拉斯的嘴唇動了動。他聽不見自己的聲音，聲音被吞噬在黑光嘈雜的巨流中。他緩緩睜開眼，輕易掙斷了手腳上的鐐銬。其實那不是被「掙斷」的，而是被環繞他皮膚的細小物體咬碎的。

最大的鋒刃猶如拳匕，最小的無法用肉眼看到。它們成為列兵、成為道路、成為長槍與盾，成為黑翼，切開鐫刻著防護魔法的金屬護欄，咬碎一切試圖阻擋它們的事物。

「你們在哪裡？」

他的聲音太輕了，沒人能聽到。因為細小的刀刃正在破壞一道道門扉，發出巨響，人類被割喉而死，血液噴向半空就被黑光吞沒。

他想著，以前也是這樣，我保護著佐爾丹、米拉，米拉懷裡抱著克拉斯——她真正的兒子，當時那孩子還活著。我讓他們遠遠躲開，由我面對所有敵人。而現在的他無法像過去那樣熟練地收放力量，他當了三十年人類，變得很難控制住魔鬼的力量。他想，幸好此時只有我一個人。我不需要保護誰了，我可以滿心期待地殺死敵人。

在相當長的一段時間裡，克拉斯要花大把精力來抑制這些。壓抑力量不困難，壓抑住殺戮的衝動才是最難的。

離開西灣市後，他不再是協會的調解員，不再幫助遇到困難的生物，甚至也不再是孤僻神祕的恐怖小說作家。他是遊騎兵獵人，是獨自行動的驅魔師，和以前一樣，他遇到各種各樣的事、奇奇怪怪的生物，少數具有善意，大多數十分危險。

他不再像過去一樣以解決事件為目的，而是更傾向於直接殺死它們。因為身為魔鬼碎片的記憶已經全都回來了。佐爾丹臨死前封住的東西一一浮現。「記憶」與「人格」難以分割，克拉斯想起了米拉唱的民謠，同時也就想起了戰鬥的快意。

他當然也記得身為人類的日子……他的工作、朋友、永遠也寫不長的書、失敗的婚姻，還有他的新搭檔，對他而言有著非同尋常意義那位血族——約翰．洛克蘭迪。

這些東西就像一把鎖，扣住他的腳踝，讓他永遠沒辦法跑得太遠。他非常慶幸有這些人、這些事在。

同時，他也時刻都感到遺憾，遺憾自己永遠都無法再回到正常的人生中。

追根溯源，導致這一切、導致無數悲劇的罪魁禍首近在咫尺……他為此興奮得發抖，他再也不需要掩飾了，再也不需要努力思考「如果是以前的我，我會怎麼做」，再也不用害怕約翰會失望……

他可以施放心底積壓已久的惡意，讓它們像海嘯般吞沒一切。

人類在反抗。銀彈、防護法陣、禁錮異界生物的咒語、西元前留下的聖物之槍、古魔法詠唱陣……甚至還有構裝生物，持劍的銀鎧步兵，和合金製成的大型盾衛。

人類有無數手段可以反抗。如果他們不強大，又怎麼會一度擊潰所有魔鬼？

如果這些人類有所準備，一定會做得更好……畢竟他們知道魔鬼的本名。但是，似乎並沒有任何一個施法者打算使用魔鬼碎片的本名施法。

克拉斯記得，當初他看到米拉被攻擊時，他掙脫了束縛。所以，就算這些人有魔鬼本名，也不一定百分之百能束縛魔鬼，施法效果得取決於咒語是否足夠強大。就算是這樣，為什麼他們竟然都沒有試一次呢？這讓克拉斯忽然有些疑惑。

左前方的牆體傾頹，煙塵和血沫一起揚起。高大的建築物外牆倒塌後，刺目的陽光正好照在黑光形成的風暴之上。

光有些耀眼，克拉斯用手遮著眼睛，昏昏沉沉地抬起頭。一個構裝人正在對他射擊，它身後不遠處是躲在力場牆後的法師。黑曜石薄片切碎了構裝體，衝進力場壁障，鑽透法師的身體……

這一切發生在陽光之下，甚至克拉斯還看到了庭院樹木高處的人造鳥窩。

這是哪裡？奧術祕盟的又一個研究基地？可是它在哪裡？那個女巫師把我帶到了哪裡？

他的目光暫時難以對焦，聽覺倒是一點點開始恢復正常。他聽到有點耳熟的聲音在念咒語，念錯了一句，又從頭再來……

正午的白光被地面散落的銀質武器反射，晃得克拉斯睜不開眼。他眯著眼睛向右前方看，路希恩半跪在庭院的磚地上，他蒼白的面孔上沾著血跡，眼鏡不見了，黑髮凌亂地垂在額前，目光中有一種別人從未見過的瘋狂。

路希恩正拿起一把匕首，割破手腕，讓血流進面前的器皿裡。隨著他的念咒聲，紅黑相間的符文從血液中浮現，形成線條圍攏向克拉斯，如星軌般旋轉。

「路希恩？」克拉斯大喊著。他不知道路希恩能不能聽到，因為他自己也聽不見，他開始耳鳴。

路希恩應該能夠認出他。經歷一個晝夜，克拉斯沒有機會重新施展幻術，現在別人能看到他本來的長相。

克拉斯緊握住雙拳，深呼吸，向後退進倒塌的外牆內側。他想控制住暴風般的武器，把自己恢復成平時的樣子，去看清周圍的一切。

房屋牆體和內部家具都破碎不堪，看不出原本的形態，地上有不少屍體，也有不少看不出部位的肉塊。被血染紅的大理石地板依舊光潔，黑紅色的液體表面甚至能倒映物體。死去的人類中，有的穿著管家晨禮服，有的身穿暗色迷彩衣，但沒有軍隊徽章，看起來像私人保全。還有些婦女倒在屋子深處，被碎裂的水晶吊燈壓住，白色的長圍裙完全被浸成紅色。

克拉斯回過頭。路希恩的法術在不停嘗試捆綁他，黑色碎片形成的風暴則仍在抵抗。

它們在符文擦過時發出刺耳的金屬摩擦聲，彷彿在抗議魔鬼的示弱。畢竟，如果不是克拉斯盡力想把它們收回去，路希恩的法術不會這麼容易就起效。

克拉斯踩在了一截斷手上，狼狽地跌倒。他看清了周圍的一切，驚慌得想大叫，卻一直在哽咽。

這裡不是奧術祕盟的基地，不是夏洛特和她同伙的所在地……這裡是黑月家。

克拉斯想站起來，可是卻兩腿發軟重新跪倒，他用手掌用力撐著地面，才確保自己不會倒下。手掌、長褲上都沾滿腥臭的液體，他一陣陣乾嘔，耳鳴更加嚴重了。

黑色的風刃不甘心地塌縮，束縛符文也跟著落下來。他聽不清聲音，但能看到路希恩的口型：

「奧術祕盟的魔鬼。」

就在他看過去的一瞬，他也看到了路希恩身邊不遠處……是夏洛特，她裝作驚慌地跑過來，嘴裡喊著什麼。

克拉斯睜大了眼睛，黑色鋒刃猛地再次綻開，推遠了束縛符文。他對路希恩大喊，想把夏洛特的身分說出來……可他喊不出聲音，而此時，夏洛特手裡的槍已經頂在了路希恩的太陽穴上。

「看來他快要恢復神志了，」她說話時，看著克拉斯，「路希恩先生，請你再念一遍牢固束縛的咒語。」

路希恩照做了。符文壓制著黑光，禁錮住屋內的克拉斯。

「妳覺得這樣安全嗎？」路希恩的聲音似乎恢復了冷靜，「妳覺得，我的法術能保護妳不被他殺死嗎？」

夏洛特笑了起來，「天哪，你竟然不先問我為什麼用槍指著你？」

「沒必要問，」路希恩說，「只可能是一個原因——妳是我的敵人。」

女巫師撇著嘴點點頭，「你一向如此，對人情世故上的事完全沒有好奇心。我先回答你的問題吧，我知道，你的法術不能長時間困住克拉斯，我也並不需要太長的時間。」

「離他遠點！」克拉斯吼道。他明白奧術祕盟想要做什麼了——就像阿特伍德老宅曾發生的事一樣：家族全部覆滅，祭品就會掙脫束縛。

黑光撕破了束縛符文的一角，大多數還沒能出來。女巫嚇了一跳，下意識地退了一步，就在這瞬間，路希恩看準機會，半跪的腿撞向夏洛特，同時扭住她持槍的手腕。夏洛特在驚慌中開槍了，只打中了地面。她的槍被奪走，遠遠丟在一邊。

克拉斯又撕開了一些符文，雖然他不知道這樣做好不好，因為他不能百分之百控制力量。但他還是要掙脫，因為他看到了庭院遠處幾頭直立的巨狼正在靠近。牠們的毛髮上沾滿血跡，顯然剛剛進行過屠殺。甚至，有幾頭還邊奔跑邊把掛在牙上的人類殘肢吐到一旁。

路希恩知道自己無法獨自對付這麼多怪物。他憤怒地看著夏洛特，把她用力推往克拉斯所在的方向，然後快速面朝狼人方向釋放了一個短期力場壁障，轉身撿起地上的槍。在他還沒彎下腰時，槍聲卻響起來了。

夏洛特單手持著一把袖珍手槍，子彈已經從路希恩的背心射入。

「你簡直像中世紀法師，」她用槍指著他，一步步靠近，「你不擅長用現代熱兵器的思維想問題——難道我只能有一把槍嗎？」

克拉斯身邊的黑色鋒刃已經大致上咬碎了咒縛，在他身周不安定地湧動著。他艱難地站起來，用全身的力氣走向夏洛特。

夏洛特知道必須盡快撤離。路希恩仍在呼吸，這次，她瞄準他的頭部。在克拉斯還未能靠近前，又是一聲槍響。他幾乎以為夏洛特得手了。可下一秒，她卻重重倒在地上。

狼人望向槍聲響起的方向，吼叫著撲過去。克拉斯被牆體遮擋，看不見開槍的人，只能看到對方再次開火，先是射中灰毛狼人的右腿，然後是腹部。一兩秒內，有兩頭狼人中彈倒下，另外幾頭見狀轉身就跑。

狙擊手追了過去，克拉斯也從坍塌的室內搖晃著走出來，這時他才看見開槍的是誰。

是卡蘿琳。她的金色長髮綁成馬尾，背著粹銀砍刀，正俐落地換上新彈匣。當看到克拉斯時，她愣住了，差點忘記去追狼人。

跑在最前面的狼人被另一個生物截停、絆倒。那是個更巨大的直立野獸，像是……長著獠牙的熊或者巨獾。之後，幾個人類追出來，和這生物一起將狼人制服。

克拉斯邁著緩慢的步伐，身周無數細小刀刃在地面留下大小不一的刻痕。他迷迷糊糊地想：那是古代狼人的巨座狼分支，應該已經絕種了。那是誰呢？協會有這種成員嗎？

他精疲力盡，站在陽光之下，覺得眼前的一切都像是幻覺。

「克拉斯，停下。」

一個熟悉的聲音說。

克拉斯移動目光，試圖找到聲音的來源。有個棕髮的年輕人從不遠處的樹下走出來。

那人膚色蒼白得發青，面部、頸部和手上有不少深淺不一的紅斑，就像對什麼過敏似的……他是個血族，年齡不算太小，不會被陽光毀滅，但又不能完全抵抗陽光。他的眼珠是鮮紅色，眼白也有點充血，皮膚出現斑痕，無斑痕的地方則呈現屍體的死灰。

即使真知者之眼失效了，克拉斯也能看到他現在的樣子，甚至連卡蘿琳她們都能看到。因為他的力量在白天被大大消滅，正在承受痛苦，無法維持和人類一樣的外表。

他是約翰．洛克蘭迪，他就這麼站在正午的太陽下。

「克拉斯，停下，」約翰走出樹蔭，一步步靠近，「停止一切動作，收回你的力量。」

締約不能控制魔鬼，只能控制人類意識主導的克拉斯。克拉斯停下了步伐，但無法立刻收回力量。他看著約翰，眼神幾乎有些無助。

他想說，我在盡力，請給我點時間……他說不出聲音，只能試著點頭，就像在顫抖一樣。

克拉斯想迴避約翰的目光，因為，在約翰的眼神裡，他看到了恐懼。

不是擔憂，甚至不是失望，是恐懼。約翰在怕他。

克拉斯苦笑著想，約翰當然會害怕，惡魔和僵屍就能讓他大驚小怪，在地堡監獄時他還擔心會死在那裡……約翰本來就是個普通人，或者說「普通血族」，現在他面對著全身血跡斑斑的魔鬼，怎麼可能不害怕。

「克拉斯，站在原地別動。」約翰再次說。

聽到他的話，克拉斯才意識到自己又開始往前走了。明明是自己的身體，現在控制起來竟然這麼艱難。他被樹林深處的戰鬥吸引著。靈魂渴望著戰鬥、破壞，時時刻刻想要挾持他全部的意識。

因為克拉斯的靠近，約翰不自覺地往後退了一步。他握了握拳，又重新迎上去，他必須讓克拉斯停下，讓他退回屋裡，或者收回所有力量。克拉斯擋在路希恩身前不遠處，協會的人沒辦法過去救助路希恩。而克拉斯似乎連語言都聽不清，根本意識不到這一點。

陽光讓皮膚發燙，腦子也昏昏的，約翰告訴自己，在吉毗島被神聖火焰燒灼時可比這個痛多了，幾分鐘陽光又算什麼。

而這也並非全是壞事：陽光讓他的速度、力量都大大減弱，同時也減弱了他的攻擊性，即使身處在血腥味濃重的地方，他也暫時不會因氣味而失態。

他在太陽下就像一臺銹住的機器，別說衝動了，連伸出獠牙的力氣都沒有。他想，我應該感謝太陽。

克拉斯低著頭，向約翰做出一個阻止的手勢，示意他退回樹影下。這讓約翰想起三年前。在阿特伍德老宅外，克拉斯也曾經沉默地阻止他走進陽光裡。

他沒有回到樹影裡，而是繼續向前，對克拉斯伸出手。

「如果你真的不想停下……那，過來。」他說。

有幾片薄刃劃破約翰的皮膚，陽光下，破損處發出嗤的一聲。他乾脆閉上眼，快步靠近克拉斯，走進尖嘯著的鋒刃中心。

約翰抓住了克拉斯的手腕，用力把他拉進懷裡。克拉斯依舊低著頭，額頭上都是細密的汗珠，約翰明白，他無法回答，光是控制力量就幾乎耗光了他的全部精力。

抱緊克拉斯後，約翰也腳步發軟。他帶著克拉斯一起跌坐在地上。在陽光中，傷口無法加速癒合，他忍耐著疼痛、炙烤、恐懼，以及四周無處不在的劇烈血腥味……即使下一秒失控的刀鋒會劃過頸部，他也不想放開手。

大約過了十幾秒，他感覺到克拉斯的體溫開始上升，開始恢復活物的溫度。黑光進一步縮小範圍，直至消失。

兩個驅魔師跑過他們身邊，去幫助重傷的路希恩。約翰一直閉著眼睛，聽著他們撥打急救電話的聲音、樹林裡戰鬥的聲音……光線太強烈了，他睜不開眼，只感覺到懷裡的克拉斯輕輕掙扎了一下。

克拉斯用力深呼吸著，彷彿溺水的人。他望向迎著陽光的方向，麗薩面無表情地走過來。她把遮光毯扔在約翰和克拉斯頭上，轉過身去，看著被切割得看不出原狀的房屋。

樹林裡的「座狼分支古代狼人」朝這邊跑來，半途中身影逐漸模糊，再度清晰時，對方變成了三十多歲的女性——變形怪史密斯，當然，他現在的名字是阿娜絲塔西婭。

史密斯揉著有點拉傷的肢體，小心翼翼地觀察麗薩、路希恩，以及約翰和克拉斯。兩人被一塊遮光毯罩住，看起來有點滑稽，雖然這種時刻他根本笑不出來。

「你們聽到了嗎？」遮光毯裡的約翰突然說。

麗薩依舊茫然地站在那裡，毫無反應，史密斯倒是也隱約聽到了什麼。變形怪的五感比人類靈敏些，但比不上血族。他問：「你聽到了什麼？鼓聲？」

「嗯，或者雷聲？」約翰自言自語著。

聲音像遙遠的悶雷，或者定音鼓。他們分辨不出聲音的來源，只覺得它一次比一次清晰。

「是心跳聲……他要自由了。」他們身後，一個虛弱的聲音說。

是路希恩，他清醒著。麗薩渾身發抖，到他身邊蹲跪下。路希恩盡全力動了動手指，指著不遠處夏洛特的屍體。「她身上……」

「她怎麼了？」麗薩貼近他。

「她帶著個卷軸匣。找到它。」

史密斯替她過去翻找，從夏洛特的西裝外套下摸到了，是一個象牙製的古董卷軸匣。路希恩根本沒力氣去看，他只知道有人拿到它了，這就足夠了。他看向遭受徹底破壞的莊園宅邸，「帶著它，去北塔大圖書室。」

「什麼？」麗薩不明白。

「北塔，大圖書室，」路希恩艱難地說，「妳去了就會知道該找什麼。幸運的話……我們會有辦法暫時抵抗一陣子。」

「抵抗什麼？」其實，麗薩心裡已經有答案了，只是她無法相信。

「抵抗作為祭品的魔鬼。」

祭品一旦恢復自由就會得到更大的力量。阿特伍德家也曾使用獻祭術換得家族興盛，當時他們殺死的僅僅是個流鶯，在阿特伍德家的直系血脈全部死去後，普通女子變成了強大的邪靈，奪取數人的性命，甚至差點蔓延到附近的小鎮。

如果是魔鬼的靈魂呢？如果他能掙脫束縛，又會怎麼樣呢？當年黑月家祖先與眾多施法者付出極大代價才困住最後一個魔鬼，並將其殺死。一旦獻祭術的反噬開始，魔鬼的靈魂將擁有多大的破壞力？

路希恩臉色蒼白地看著莊園北塔的方向，「現在……麗茨貝絲，我們只有妳一個了。」

麗薩看著他，一句話也說不出來。子彈從背後旋轉著鑽進路希恩的腹腔，出血不多，但傷勢嚴重，麗薩幾乎不敢以自己所知的醫學知識去判斷情況，她害怕得出不好的結論。

路希恩知道她想問很多。他苦笑著，想解釋，卻沒力氣說太多，「去北塔。其實……很多東西連我也都還搞不清楚，所以，靠妳了。」

他們聽到了救護車的聲音，後面的事恐怕要交給醫療人員了。麗薩對兄長點點頭，而他眼神渙散，無法回應她。

她轉身向中庭走去，繞過遍地倒塌的石雕、被切碎的樹木，去路希恩說的北塔圖書室。

卡蘿琳正在幫其他獵人拖動狼人屍體。看到麗薩離開，她丟下狼爪就跑步追了過去。獵人在後面抱怨，史密斯拂了拂金髮，無力地嘟囔：「在普通人看到前，我們得把這些藏好……算了，你們躲開點，讓我來吧。」

他把卷軸匣交給卡蘿琳，讓她帶給麗薩，自己則變成一頭巴士大小的黑龍，盡可能在樹林中縮起身體。他銜住、抓住狼人屍體，吃力地衝出樹冠，飛向人煙更稀少的地方。

卡蘿琳緊追在麗薩身後，不敢說話，她不知道說什麼才能讓麗薩好受一點，可能說什麼都沒用……

身後傳來腳步聲，還有其他人跟著她們，她扯了扯麗薩的袖子，回頭一看，是克拉斯跟著她們。他的眼珠仍是一團混沌，讓人分不出他到底在注視哪裡。他身後幾步遠是約翰，整個人蓋在遮光毯裡，只有腳踝以下露出來，像個遮陽傘怪物。如果是平時，卡蘿琳早就指著他大笑了，可現在她甚至都沒看他，目光完全停留在克拉斯身上。

克拉斯的雙手無力地垂著，垂著肩，身材比她們記憶中的三年前那時還單薄，看起來脆弱又無害。難以相信，眼前的慘烈畫面中，有很大一部分是他造成的。

「我可能……能幫上忙，」克拉斯小心翼翼地說，「那個心跳聲，還有……關於『像我這樣的東西』的知識，我可以幫上……」

「如果你就想跟來，我也阻止不了。」麗薩的腳步頓了頓，打斷他的話，又繼續向前走。

克拉斯深吸一口氣。她看著他時，表情很平靜，也許她連恨的力氣都沒有了，眼睛裡只有冰冷的悲傷。

「麗茨貝絲，」於是克拉斯真的一直跟在她們身後，「等這一切結束，我願意為……」

「我不想聊你的事，」麗薩沒有回頭，「現在開始，我們只談黑月家地下的魔鬼。」

克拉斯點點頭，雖然麗薩看不見。卡蘿琳倒是回頭看了他一眼。克拉斯從沒見過卡蘿琳現在的表情：畏懼、茫然，就像受到驚嚇的小動物。她和麗薩都是克拉斯的戰友、朋友，在克拉斯的記憶中，不管面對多可怕的怪物，卡蘿琳都不會有這種眼神。

一路上看到的景色觸目驚心：幫傭、保全的身體被折成兩半，狼人被幾把銀刀釘在牆上，園丁在奔逃時死於建築坍塌……庭院中有個尚未完成的法陣，已經畫了一大半，附近有外來的陌生人類和一頭巨狼的屍體，人類手邊赫然放著微型衝鋒槍。

倒在法陣中心的是一對六十多歲的夫婦，女性的喉嚨被利爪撕開，傷痕累累，穿著晨禮服的男性倒在她身上，背部和頭部布滿撕裂傷、割傷，腿上還有明顯的彈孔。大多數屍體上布滿利器切割的痕跡，深可見骨，面目全非。刀痕出現在屍體上、牆壁上、樹木與石磚上，猶如利劍形成的颶風過境。

經過這些時，克拉斯跟在兩個女孩身後，目不斜視，一言不發。約翰透過遮光毯的縫隙看過去，幾次想開口，都沒找到合適的話語。

北塔受損較小，終於走進建築後，約翰從毯子裡露出頭。他想拉住克拉斯的手臂，輕率地安慰一句「這不是你的錯」，可他說不出口。

或許可以認為這不全都是克拉斯的錯，一切的起源是奧術祕盟的野心。但這場慘劇就是和克拉斯有關。他不想失控，但他失敗了；他的意志也許是無辜的，但行為卻不是。

約翰覺得胸口一陣鈍痛。明明血族的心臟早就不會跳了，更不會有心臟方面的疾病。

他願意選擇相信克拉斯，願意站在克拉斯這邊。這一點從三年前起至今都沒改變過。同時，他也明確地知道，在黑月家祖先獻祭的魔鬼之外，克拉斯是當今世上最危險的東西。門外地獄般的景象就是證明。

令人絕望的矛盾感不停撕扯著約翰。他憑著本能跟在克拉斯身後，既不知道能去大圖書室做什麼，也不知道下一步該怎麼辦。甚至，他都還沒能和家人取得聯繫。從獲知家人遇到危險起，已經過去了幾小時。他在趕回去的路上遇到了協會的人，當時他們相當靠近黑月家，他感覺到克拉斯就在這裡，所以就先趕來了這裡。現在約翰才想到，也許他不該再跟下去，這裡沒他的事了，他應該離開，去確認家人的安全……

可是他卻仍在一步步向前走，雙腿像是不受控制一般，讓螺旋樓梯帶領著他們走入北塔寬闊的地下室。

大圖書室並不像奇幻電影中的魔法圖書館般華麗，它看起來就是座普通的檔案庫，走廊簡潔乾淨，鋪了消音地毯，大門上也沒什麼裝飾。

麗薩和卡蘿琳先走進去，克拉斯和她們保持著一點距離。他準備側身走進去時，約翰突然拉住他的手腕。

克拉斯回過頭，看到約翰面部、肩頭和身上數條深淺不一的傷口，以及鮮紅的眼睛。這眼睛讓他想起左拉和羅伊，他現在甚至害怕提他們的名字。

「你……」約翰仍握著克拉斯的手腕，「現在覺得怎麼樣？」

他的每個單詞都說得有點艱難。想問的東西太多，不只這一句，可他一時只問得出這句。

克拉斯搖搖頭，又點點頭，好像自己都不太確定自己想表達什麼。他閉上眼想了幾秒，說：「你們得小心我，雖然現在應該還算安全。」

「安全？」

「現在我很清醒，不會把你們當成敵人。但我……肯定不是絕對安全的。你們還是得小心我。」克拉斯說話時把字咬得很用力。除此之外，約翰還能聽出克拉斯的心臟跳動速度很奇怪，不是釋放魔鬼力量時的緩慢心跳，也不是急促呼吸時的……他的心律就像是有早搏症狀的病人一樣。他確實還沒平靜下來。

約翰嘆口氣，「也許我能讓你再穩定點，同時……也是幫幫我自己。我不確定這有用，理論上是可以，我想試試，可以嗎？」

雖然不明白他在說什麼，克拉斯還是點點頭。

「過來，」約翰說著，拉近克拉斯，「面朝我，抱著我的腰，抬起頭。」

一方面是締約的力量，另一方面也是克拉斯自己的意願。他完全照做，雙臂環著約翰的身體，抬起頭。

「閉上眼。」約翰說完，一手抱著他的背，一手扶著他的後腦，嘴唇摩挲著他頸間的皮膚，伸出獠牙咬下去。

克拉斯抖了一下，環著他腰部的手臂更加無力了。約翰吸取的血液很少，但讓獠牙在克拉斯的皮肉與血管內多停留了片刻。

血族在用牙齒狩獵吸食時，種族特有的能力會讓獵物覺得麻痹、舒適，減少獵物的抗拒。極少數強悍的獵人能夠抵抗，大多數人都會渾身癱軟、無法反抗。所以，獠牙還有個小小的額外效果：對情緒不穩定的目標咬下去，能夠產生安撫其精神的效果，讓他感到安全、平靜。

拔出獠牙之後，約翰把克拉斯的頭按在自己的頸窩裡，緊緊地摟住他片刻。

「你的傷開始癒合了。」克拉斯的聲音悶悶的。

約翰用臉頰貼著他的頭髮，「嗯。所以我說，這也是幫助我自己。陽光讓我難受死了。」

「你可以多要一點的……」

「你的血力量很強，這足夠了，」約翰說的都是事實，並非安慰，「足以讓我恢復自癒能力，恢復體力。看起來，你也好點了？」

克拉斯說：「我不知道……或許吧。你不離開嗎？」

「我為什麼要離開？」

「因為……」克拉斯想找適當的措辭，可是此時他的腦子似乎變得很遲鈍，簡直不像以前的他。

他想說的是：你該去找你的家人了，我不知道他們是否安然無恙。他無法把這句話好好表達出來，哪怕多想一個音節，就會有一柄名為愧疚的利刃刺入他的靈魂。

約翰明白他的意思，於是直接回答：「如果你是指我的父母……我現在聯絡不到他們，就算去那邊也沒用。而且，現在是白天正午，他們如果平安無事，一定會找地方躲起來，不會出現在外面的。與其漫無目的地找，不如留在這保護你們。」

「保護我們？」克拉斯疑惑地抬起頭。

約翰看著他混沌的眼睛，「防止你被其他人傷害，也防止你傷害她們。」

卡蘿琳躡手躡腳地走到門邊，探出半張臉，「嗨？我……我不知道怎麼措辭比較好，總之，你們既然跟來了，就進來看看裡面的東西。要調情也該看看現在是什麼時候吧？」

「我們沒有在調情……」約翰站到克拉斯身邊。

卡蘿琳抱怨著走進去，「你的反應簡直像女子寄宿學校的學生。我又不是你的舍監，這麼緊張幹什麼……現在該緊張的明明是我。」

北塔大圖書室位於半地下，室內是寬闊的圓形結構，書架和一排排書桌呈螺旋狀擺放，陽光從高穹頂下的窗戶透入，把書架與地板切割成一塊塊光與暗的幾何圖形。

他們跟著卡蘿琳走進螺旋形書架的深處。幾座書架旁，長桌上堆滿了不同年代的古籍、手抄筆記，座椅上還套了軟墊，桌上放著筆電和沒洗乾淨的咖啡杯……顯然，這些並不是今天剛剛被擺出來的。

路希恩對麗薩說，妳去了就知道該找什麼。確實如此，顯然從不久前開始，黑月家的人就常聚集在這裡進行研究。

麗薩坐在墊腳高梯上面，正翻閱著書架高處的皮質封面古書。這裡的書本有些是法術典籍，更多的是古時候的研究者們留下的筆記，還有當年獵殺捕捉魔鬼的戰役細節記錄。

「我從沒來過這麼深的地方，」麗薩自言自語著，「其實這裡也沒多大，但我就是沒進來過……我從沒把這些認真當回事過。」

卡蘿琳站在梯子下，「呃，因為他們是研究者，妳是驅魔師嘛。」

「是啊，我忙著對付怪物，當然就沒什麼時間坐下來寫字……」

「麗薩……」卡蘿琳抬頭看著她，想伸出手，可是就算伸出手也碰不到她。卡蘿琳難以置信，黑月家突遭橫禍，麗薩竟然還能這麼冷靜，連一滴眼淚都沒流……越是這樣越可怕。卡蘿琳非常擔心她，卻不知道從何問起。

麗薩翻閱著古舊的手工漿紙。「如果妳不擅長安慰我，就別安慰，」她向卡蘿琳投以無奈的目光，「優先處理關於魔鬼的事吧，除此之外，別和我說其他話題。我很好，真的。」

「好吧……」卡蘿琳左右看看，「你們聽到了嗎，那個雷聲，或者鼓聲，變得越來越明顯了。」

確實如此。也許因為大圖書室更靠近地下，且十分安靜，現在從地底四面八方傳來的隆隆聲更加清晰，像是充斥在空氣中的每一處。

麗薩把手裡的幾本厚書扔給卡蘿琳，從梯子上下來。她指指桌上攤開的羊皮古卷，和旁邊的謄寫筆記。「他們已經有了個可怕的發現——就算我還活著，祭品也有可能掙脫。因為對於像魔鬼這麼強大的東西來說，黑月家僅剩一把『鎖』，束縛力已經不夠強了。」

獻祭術讓祭品的怨恨化為對家族的助益，當此家族的直系血脈全部死去，祭品就會帶著更大的惡意再臨於世。也就是說，每個親緣血脈相當於一道鎖，能把祭品困住，鎖頭全部鬆開時，它就會得到自由。

現在的黑月家的孩子僅剩麗薩，以及生死未卜的路希恩。

普通人類被獻祭而死後，被囚禁住的靈魂只能等著「鎖具」全部損壞；而更強大的生物，比如領主惡魔、魔鬼……他們強大得多，當鎖具一個個減少，束縛一層層變薄，他們也許會提前開始甦醒，找機會衝破規則。麗薩手裡的厚抄本上是古籍的翻譯與推導，關於「假設黑月家血脈逐步薄弱或消失，魔鬼靈魂的復甦速度公式」。古籍只翻開一半，推導也還沒寫完。

克拉斯看著手邊的書，它記載了當年施法者與最後一個魔鬼的戰鬥過程。

這並不是那種吟游詩人寫的英雄史詩，而是詳細記錄著敵我雙方的每個魔法效果、咒語、作戰細節，每個法術造成的最大與最小效果、每次的失敗與成功。看起來有點像現在的軟體行動記錄，當然這些都是手寫的。

克拉斯輕聲說：「麗茨貝絲，你們一定知道，把魔鬼本名使用到相關咒語裡，可以有事半功倍的效果。」

麗薩點點頭，「嗯，黑月家記錄過祭品魔鬼的本名。但我沒辦法念它，因為現在沒有咒語可以配合。」如果不和咒語配合，單單念出魔鬼本名，不但無法控制它，甚至有可能吸引它更加靠近。因為「念出名字」會加強它與世界間的連繫。

克拉斯也記得，在匈牙利森林深處的奧術祕盟基地，只有經驗豐富的巫師們才能用本名、咒語、鐫文來控制他。而普通的巫師——比如米拉，或者警衛們，都做不到這些。使用魔鬼本名需要長期的施法準備，不能隨時隨地即時施展。巫師為研究魔鬼碎片做足了準備，所以才能將他困住那麼久。

「黑月家用普通文字記錄過它的本名嗎？」克拉斯問。

麗薩點點頭，「有，施法記錄裡有。哦，這裡也有。」

她已經打開了夏洛特的卷軸匣，現在，她又打開了裡面的羊皮卷。那東西非常單薄脆弱，必須小心對待。上面有青金石墨水寫成的奧術文字，還有個未知字母拼成的長單詞。

她又打開一本黑色封皮的精裝抄本，打開某一頁，把它和羊皮卷一起推到克拉斯面前。克拉斯認得卷軸上的文字，但卻不認識黑皮書中的，「羊皮卷上的是巫師暗語。這裡的又是什麼文字……」

「黑月家族造語，」麗薩回答，「要我說的話，和密碼也差不多了。這是對譯表。」她又拿過來一本小開本的書。

把魔鬼本名用於施法時，要使用魔鬼文字本身以及奧術文字；可是，如果僅僅是記錄這個單詞，則必須用最普通的文字。這樣的字不帶力量，不會對閱讀者造成傷害，也不會讓魔鬼本身察覺到。

克拉斯坐到桌子的另一側，「如果妳要繼續推算魔鬼復甦的時間，我就負責把造語和巫師暗語翻譯成英文。我會盡快翻譯好的。」

麗薩沒回答。她著低頭，繼續做家人沒做完的工作：譯製並推算魔鬼靈魂在不同束縛條件下的復甦速度。

約翰站在克拉斯身後，卡蘿琳站在麗薩身後。兩人先各自低頭看看身邊的施法者，又抬頭呆呆地對視，完全不知道該幹點什麼。

過了幾分鐘，卡蘿琳開始無聊地翻弄書架低處的書。別說內容了，有些書光是書名她都看不懂。於是她專門找有插圖的看，還把約翰叫過去，不斷問約翰有沒有見過圖上畫的怪物。

「卡蘿琳，」麗薩頭也不抬地說，「妳……來幫我削鉛筆。」

「削鉛筆？」

「畫示意圖和推算法陣要用。」

「妳連支原子筆都沒有嗎？」

「妳在幾何課、建築基礎課上會用原子筆畫圖嗎？」

「我又沒上過這些課，」卡蘿琳嘟囔著，坐過去幫麗薩削鉛筆，「至少，你們也可以買點自動筆吧？一按就跑出筆芯多好，根本不用削……」

「我知道自動筆是什麼！太空人和瑞典家居購物中心都不用自動筆，我們為什麼要用……」

卡蘿琳停下削鉛筆的動作，「麗薩……妳還好嗎？我覺得妳的邏輯能力開始出問題了……」

「我很好，很冷靜。」

卡蘿琳不再說什麼，聳聳肩繼續削鉛筆。約翰就只能無聊地走來走去。

「克拉斯……你需要削鉛筆嗎？」他輕聲問。

克拉斯搖搖頭，約翰只好繼續在圖書室裡閒逛，隨時留意著無處不在的、悶雷般持續不斷的「心跳聲」。

五分鐘過去，大圖書室外忽然傳來敲門聲。很緩慢，沒什麼節奏。

「是傑爾教官他們嗎？」卡蘿琳站起來。他們往北塔來的時候，協會的其他人不是和急救車一起離開，就是去幫史密斯處理狼人屍體了，似乎並沒有誰在外面等他們。

克拉斯推開手裡的書本，抬起頭，「我發現了一件很重要的事。」

「什麼事？」麗薩仍低著頭書寫，似乎不想和他對視。

「首先，我建議大家先離開……」克拉斯說，「我留在這裡不安全。」

「你留在哪裡都不安全。」麗薩說。

「我是說真的，」克拉斯站起來，把厚筆記和書本抱起來，「魔鬼的名字，還有這張卷軸的內容，我……」

「噓！」約翰對所有人做個噤聲的手勢，打斷了他的話。血族的聽覺讓他察覺到，不僅是門外，北塔外部似乎也有什麼在走動。對方就在高處的玻璃窗外徘徊。

約翰無聲地靠近圖書室大門邊，再走回書桌旁，輕聲說：「門外的不是人類。它沒有心跳。」

卡蘿琳摸向槍柄，咬了咬嘴唇，「呃……等等，你也沒有心跳啊。外面的會不會是卡爾？」

「不可能，現在是白天。而且如果是卡爾，他會大喊大叫地敲門的。」

「說得對……」

克拉斯向前走了幾步，「我知道那是什麼……」

「你知道？」約翰憑直覺擋住他。

「是和我一樣的東西。灌進人類身體裡的魔鬼碎片……」克拉斯直直盯著前方，彷彿能透過門看到外面。

兩個人類和一個血族互相對視，都倒吸了一口冷氣。「你怎麼能確定？」約翰問。

「它們靠近時，我感覺到了……幾分鐘前還不行，現在它們離得太近，我就感覺到了。路希恩和麗茨貝絲說得對，它開始掙扎了，一點點滲出來，直到徹底掙脫……」

「等等，克拉斯，」約翰按住他的肩膀，放慢語速，「我是問，你怎麼能確定？怎麼能感覺到？」

克拉斯看著他的眼睛，「我從對譯表翻譯出了祭品的本名……」

他說到一半時，斜後方位置的高窗玻璃發出碎裂聲，外面有什麼東西正在發動攻擊。大圖書室的玻璃進行過特殊工藝處理，所以那東西無法立刻破壞它。同時，圖書室正門的敲門聲也變成了撞門聲。

卡蘿琳盯著門，拔出槍。約翰望向窗戶，看到有個人類體格的「東西」正用什麼利器繼續敲砸玻璃。

克拉斯繼續說：「那名字，和束縛住我的名字……是一模一樣的。」

約翰一時間沒反應過來他在說什麼。麗薩震驚地跑過來，「你說什麼？你沒記錯？」她伸出手想抓住克拉斯的手臂，克拉斯向後退一步，像是害怕自己會燒傷她。

「我沒記錯，確實如此。那個心跳聲已經讓我覺得不對勁了，現在，外面的東西一靠近，我的感覺就更強烈……」他停下來思考了一下，說，「它們可能是來攻擊麗茨貝絲的……它們肯定是鑽進了屍體裡，才能自由行動，和我能活著的概念差不多。」

「它們每個都和你差不多？」聽了這話，卡蘿琳有點絕望。

「不，」克拉斯說，「我感覺得到，相對來說，它們只是很薄弱的碎片，只是一小部分……」他喃喃自語著，一步步走向圖書室大門，「因為魔鬼本身還沒掙脫，所以殺死門外的東西費不了太大功夫，我可以去切碎它們的身體，這樣它們就無法行動了……」

「克拉斯！停下！」約翰說，並伸手拉住他。

克拉斯立刻站在原地。沒等他問什麼，約翰攬著他，把他推回書架邊。「我不能讓你再失控一次。既然你說那些東西不強大，那就交給我們。」

「可是……」

約翰扶著他的肩，讓他面向梯子，「現在，你爬上墊腳梯，坐在最高層，扶著書架，閉上眼。我不叫你下來就不要下來，我不讓你睜開眼就不許睜眼。除了坐在那裡之外，什麼都不要做。去吧！」

克拉斯一臉難以置信，順從地執行了這個命令。約翰抬頭看著他，補充說：「如果梯子倒了，我會救你的，放心。」

又是一聲巨響，木門被撞裂了一條縫。卡蘿琳斜眼看看高梯上方，克拉斯真的閉著眼抓著書架，還緊緊皺著眉。

「終於見識到血族締約的威力了，這真的有點……難以評價。」她持槍跳上桌子，迎著即將破門而入的敵人。

敵人從門窗闖入，它們竟然使用了幫傭和保全的屍體。屍體的傷口流溢著黑色物質，和克拉斯身上的東西一樣，只不過沒有那麼大的破壞力。

克拉斯一直閉著眼坐在高梯上，因為約翰是這麼要求他的。他能夠聽到子彈劃過空氣的聲音，木材碎裂、骨頭折斷的聲音……還夾雜著當卡蘿琳不慎打中某本書時麗薩的驚叫。沒過太久，雜亂的打鬥聲平息了，卡蘿琳和麗薩都氣喘吁吁，約翰靠近梯子說：「克拉斯，可以睜開眼了，睜開眼下來吧。」

闖入的東西已經不能再行動了，因為靈魂力量是與身體同步的。就像當年的克拉斯——那個魔鬼碎片一樣：他曾經被固定在石頭上深埋地底，直到奧術祕盟製作血肉魔像供他承載靈魂，他才能像人類一樣行動、學習。現在也一樣，他的靈魂被固定在人類身軀上，如果這副身體被破壞，他的靈魂不會消失，但會失去行動能力。所以，當眼前這些屍體被破壞到無法行動，其內部的東西也會暫時偃旗息鼓。

屍體看上去非常噁心，克拉斯想，如果是幾年前的自己，現在肯定已經吐出來了。

顯然麗薩也是這麼想的。這時她的手機響了起來，她皺著眉指指卡蘿琳，叫她去接，好像自己一開口就真的要吐了。

「天哪……」接起電話後，卡蘿琳一副目瞪口呆的樣子，不知道聽到了什麼，「你認真的？沒騙我？他們真的都去了？」

約翰和克拉斯對視，聽不出到底是好事還是壞事。卡蘿琳說稍等，直接把手機遞給了約翰。克拉斯歪著頭一起聽。

打來電話的是洛山達。他先是抱怨了一下「為什麼我又得再講一遍」，然後重複了和卡蘿琳說過的情況。

羅伊、左拉和珍都安全了。聽到好消息，約翰和克拉斯都小小地驚呼起來。雖然也不能算特別安全，左拉還好，羅伊受了傷，靠一兩包血袋都難以完全復原；還有珍，即使有遮光長袍，她還是出現了長期日晒後的不適。現在他們三人都已經陷入白天的休眠，同時正在接受其他血族的治療。

約翰和協會的人相遇、並趕到黑月家之後，他提起過自己家人可能遭受襲擊。洛山達和一兩個人類獵人趕去了，可是，按理來說他們不可能這麼快就找到約翰的家人。

確實不是他們找到的，而是其他人間種惡魔和獵人。洛山達先是聯繫了些惡魔朋友——休閒時一起享受人生、且住在目標地附近的那些。城市裡的惡魔們有不少認識洛山達，更認識協會的人，但並不是工作人員。他們說，看在社保卡和駕照的份上也會幫忙的。留在協會廢墟旁組合屋的卡爾則聯絡了地堡監獄，地堡監獄屬於獵魔人組織，他們派出洛克蘭迪家所在區域附近的獵人，巡林員中甚至有幾個是狼人。

洛山達說，地堡監獄有位警衛長非常熱心，他認識約翰和克拉斯，表示如果約翰的家人遭受威脅，他會盡可能聯繫獵魔人組織去救助。

「我還沒到，他們都已經把事情解決啦！」洛山達的聲音有點興奮，「獵魔人那邊有不少狼人，和奧術祕盟的狼人暴徒正好對上。約翰，你家附近的森林裡一定發生了狼群大戰，其中還混雜了幾個惡魔！雖然我們只是人間種，關鍵時刻還是挺有用的，比如用血救你的家人……」

約翰聽得發愣，一時難以想像那會是什麼樣的場面。

洛山達還在繼續描述，雖然他的聲音不算太清楚，這傢伙很可能在一邊騎機車一邊打電話，他叫約翰他們先回協會辦公區（雖然現在它只是間簡易組合屋）。

掛斷電話後，約翰環視大圖書室，麗薩又坐回了椅子上，繼續寫寫算算，克拉斯也靠在書架上若有所思。

「麗茨貝絲，我們離開這裡吧，」克拉斯說，「必要的書可以帶走，約翰一個人就能拿動很多很多本。」說完，克拉斯對約翰勾勾嘴角。只是個細小的表情，卻讓約翰覺得室內氣溫都上升了。

麗薩搖搖頭，「不，我得盡快……」

「再快能有多快呢？我們不能一直在這裡。魔鬼會不斷滲透上來，雖然還不強，但還是有一定的危險性。麗茨貝絲，妳必須離開這裡。」

最後一句話克拉斯說得很用力。大家都明白他指的是什麼。路希恩生死未卜，現在魔鬼急切地希望快點殺死麗薩。

約翰也說：「麗薩，妳可以回去繼續這些工作。然後我們先派人輪流在這裡留守，多派些人，保證被依附的屍體不能離開。」

卡蘿琳拍拍麗薩的肩，「妳現在不冷靜，麗薩，妳一個人最多能算得多快？比得上電腦嗎？」

麗薩回頭瞪著她，她繼續說：「我的意思是，為什麼要一個人算呢？協會和獵人組織都有驅魔師，還有……我想問問，妳說的『計算』是個比喻，還是數學意義上的計算？」

「怎麼？妳懂怎麼算嗎？」麗薩問。

「我不懂，但是，」卡蘿琳指指紙張上頗似幾何圖形和各類公式的東西，「如果它也是數學意義上的『計算』，那麼……我們為什麼不找人編個程式來算呢？比妳用鉛筆快。」

她說完，另外三個人都一臉驚愕，彷彿來自十三世紀的古董們看著唯一的現代人。

當克拉斯回到西灣市後，協會的所有人都驚訝不已。出於習慣，艾麗卡想去擁抱他，踏出一步後才想起他是魔鬼，於是又停在原地。

他們站在廢墟不遠處的組合屋裡，別說隔離室，這裡連間浴室也沒有了。驅魔師們擔憂地低聲商量魔鬼的事，並不時謹慎地看向克拉斯。

「不用這麼緊張，」克拉斯笑笑，「不管你們接受與否，我都會在這裡幫忙，你們無法驅逐我，也無法戰勝我。所以別緊張了，你們也只能暫時忍受我。」

約翰貼在他耳邊說：「你的語氣太恐怖了。」

「這是事實，」克拉斯說，「現在情況特殊，我不會像以前那樣毫不反抗地被關起來。不要對我過度關注，這只會浪費時間而已。」

「原來你就是克拉斯！」卡爾躲在幾個獵人身後，又緊張又興奮地喊，「我聽說過你，你是……」

克拉斯被一群獵人緊張兮兮地瞪著，對卡爾苦笑著揮揮手。他以為卡爾想說「你是毀掉整座大廈的人」或「幽暗生物」之類，誰知道，卡爾思考了一下措辭，說：「你是那個……幫我媽媽解決了中學就讀問題的人！」

「你媽媽？」

「血族母親，」卡爾說，「她的外表是個十幾歲的女孩，其實已經幾百歲了。是你全程跟進她的合法證件問題的，我聽她說起過你，約翰也經常提起你。」

「我記得她……」克拉斯點點頭。那位頂著少女面孔的血族女性要辦理入學證件，還要避開各種身體檢查。當時是克拉斯負責幫助她的，大概發生在阿特伍德老宅事件之後的幾週。

傑爾教官把卡爾推到後面去，走向克拉斯。他遲疑地伸出手，最終把手放在了克拉斯肩上。他皺起眉，「剛才，我聽麗薩說……」

克拉斯明白他想問什麼：「是的。黑月家曾埋葬的魔鬼，和我的真名是一樣的。」

「你怎麼看？」

克拉斯搖搖頭，「還能怎麼看？我本來就不是力量完整的『幽暗生物』。剛才，我們在黑月家也發現了逐漸滲出牢籠的『魔鬼碎片』，但那些東西比我弱很多……」周圍的人都一聲不吭，靜靜地聽他說。克拉斯笑道：「呃，太怪異了，我在自己說自己有多可怕。不過，這是事實，我比現在那些借助屍體活動的、沒有自主意識的碎片強很多。我不是魔鬼無意殘留的碎片，而是被當年的施法者人為留下的。」

「誰會幹這種事……」驅魔師中有人嘟囔。

「誰知道呢？」麗薩說。她在角落裡靠牆坐著，把膝蓋當桌子，還在繼續翻譯和演算，「對現在的人來說，那都是遙遠的歷史了。畢竟現在我也不能理解祖先是怎麼想的，竟然用魔鬼獻祭。」

她搖搖手裡的卷軸匣——夏洛特帶著的那個，並把它扔給了克拉斯。克拉斯對她點點頭，決定說出他們回城時在車上討論出的結果。

「這是奧術祕盟巫師持有的古卷軸，」克拉斯拿出羊皮卷，展示給協會的同僚，「上面有兩種語言，奧術文字和巫師暗語。不只如此，這上面還有祭品魔鬼的本名。簡單來說，它是一份契約書。」

幾位施法者都不禁發出驚呼，顯然，聽到這裡，他們也隱約猜到了卷軸的作用。

克拉斯繼續說：「古魔法的特徵是組合、操控，而巫術的特徵是犧牲。與魔鬼訂約是犧牲的一種，巫師獻上某種東西，換得魔鬼的服務……」

「等等，這不太對，」洛山達抬起手，他讓氣氛變得像在上課，「在很久以前，深淵種惡魔也和魔鬼訂約過。做法應該是，在召喚時呼喚魔鬼的本名，而契約書寫的是發起者的名字——比如人類一方的。魔鬼是不簽名的。」

「當然是這樣，」克拉斯說，「所以，奧術祕盟的契約書是一份作過弊的、陰險的合約。而且，這份契約書已經使用過了，也就是說，在很遙遠的過去，巫師控制過這個魔鬼。後來，隨著獵巫運動，施法者與超自然生物發起『雙重獵殺』，魔鬼被一一消滅……這些大家都知道了。這麼看來，被黑月家施法者捕殺並獻祭的，就是奧術祕盟曾控制住的那一位。」

又一個驅魔師問：「那麼，你又是怎麼回事……」

「有巫師故意分割了魔鬼的一小塊靈魂，」克拉斯回答，「他們怎麼可能允許屬於自己的力量就這麼沉寂下去呢？之後不久，巫師們把我也遺失了。」

他曾經失去五感，空有意識，被封在施法寶石內深埋於地下，度過了漫長的黑暗時光。直到幾十年前才重新被奧術祕盟的人找到。

「我懂了，」傑爾教官點頭，「近代時，奧術祕盟曾經被多方勢力圍剿，那時他們自顧不暇，沒工夫搞這些。之後，他們再次找到了你，於是就……在匈牙利的密林基地中，對你……」

「嗯，研究我，」克拉斯說，「因為他們想重新獲得魔鬼的力量。三十幾年前，我和米拉、佐爾丹逃出去，我被轉移靈魂，作為人類生活、成長。再之後就是……」他環顧協會辦公區（的廢墟）裡的所有人，「我來這裡工作，遇到你們。」

「巫師想憑契約書重新控制魔鬼，對吧？」又一個驅魔師問，「所以，當他們確定你的身分，也足夠接近黑月家之後，就準備釋放魔鬼了……等等，既然契約書能控制魔鬼，現在我們有契約書了，我們也可以？」

克拉斯搖頭，「不能。」

「真的嗎？」對方有些質疑，「你是即將甦醒的魔鬼的一部分，如果有人使用契約書，連你也會被殃及，對嗎?也許你因此有所保留……」

聽到他這麼說，約翰有些惱怒，可是他講不清楚法術上的東西。麗薩站起來，走向克拉斯，從他手中拿回古卷軸。

「他說的是真的，」她向同僚們展開卷軸，「第一，契約書只針對奧術祕盟的巫師，細則帶有魔法效應，並不是誰都能冒充持有者的；第二，也是最重要的……

契約書已經被破壞了。女巫夏洛特的血汙染了一部分文字，它已經不能生效了。」

卡蘿琳可憐兮兮地看向她：「什麼？是我開的槍……是我的錯嗎？」

「我沒說是妳的錯……」

傑爾教官拍拍身邊驅魔師的肩，望著克拉斯，「那麼，克拉斯，你要把真名告訴我們嗎？」

克拉斯輕點頭，「當然。只是現在不行，我不能在非施法環境裡念它。」

約翰捏了捏他的肩，「嘿，我不反對你的想法。但是……」

「我知道，」克拉斯對他笑笑，又回頭看著所有認識的、不認識的同僚，「必要時，我們當然要使用魔鬼真名來製作咒語。如果不是為了這個，現在我也不會站在這裡。」

他抬頭環顧四周。這裡是協會的新辦公區，他還是第一次來，它卻已經成了大火後的廢墟。焦黑的殘垣邊，陽光從天花板的空洞照進來，空氣中浮動著細小的塵埃。

「沒關係，」他彷彿自言自語地說，「不管你們是否相信我，我相信你們，這就夠了。因為我不僅僅是魔鬼碎片，甚至不僅僅是德維爾·克拉斯，我更是無威脅群體庇護協會的工作人員。所以我知道，這是正確的選擇。」

話音剛落，角落裡傳來劈哩啪啦的鼓掌聲。所有人都望向卡爾和洛山達。他們兩個停下來，咧嘴笑笑，把手放下背到身後。

克拉斯轉向約翰，「現在，你可以繼續和我搭檔去辦點事嗎？」

「當然！」約翰立刻回答。

「那我呢？」卡爾揚揚手。畢竟他是約翰帶的實習生。

「你去睡覺！」

卡蘿琳湊過去問：「你們要去哪？真的要去找人寫程式嗎？」

「嗯，真的，」克拉斯說，「現在要加緊計算，算出在束縛減少的情況下，魔鬼掙脫所需的時間。可是，妳看麗薩那裡的東西，」麗薩現在已經又重新坐在牆邊開始工作了，「那不光是法術問題，還有龐大複雜的數學計算。」

「我們都可以幫上忙。」一位驅魔師說。

「當然，」克拉斯說，「但我要找的不是驅魔師……而是程式師。」

「你已經有人選了？」約翰問。

「是的，他不光懂設計程式，也對法術有所瞭解，並且他還不是人類。」

Unthreatening Creature
Protection Association

# Chapter 26

## 各地無眠夜

因為沒人能（或沒人想）阻止克拉斯，所以目前他非常自由。他再次和約翰走在一起，拿著通訊錄，趕往某位超自然生物的住處。

約翰寧可在白天裹著遮光毯行動，也不想換別人和克拉斯搭檔。他理直氣壯地說自己不僅是克拉斯的舊搭檔，而且還進行過血族締約，是最能掌控其行為的人選。

走向停在路邊的斯柯達時，約翰看到駕駛座上盤踞著一團灰暗的影子。兀鷲在那裡等他們。上車後，兀鷲在對克拉斯說話，克拉斯只是苦笑，並簡單地回應著。從回答裡約翰判斷出，他們大概是在談海鳩女士以及阿特伍德家。至今海鳩都覺得沒辦法面對克拉斯，所以即使她又回到了西灣市，也一直躲起來沒出現。

「兀鷲，謝謝你。」

克拉斯坐在駕駛座正後方，把手搭在兀鷲肩上，念出咒文，幫他施展了幻術。幻術讓兀鷲擁有人類的面孔，不至於在開車時太嚇人。約翰故意留意了一下，果然克拉斯每次都把兀鷲弄成史恩·康納萊的長相。

簡直像回到了三年前。

兀鷲負責開車，他們坐在後面商量事情，和各種工作對象見面。

克拉斯說話時的樣子更是令約翰感到懷念。「我們要找的天才，」克拉斯指著一條地址，「他是賽爾波。」

「賽爾波先生是什麼種族？」對約翰來說，賽爾波這個陌生詞語，他理解成了名字。

「他是個賽爾波，」克拉斯更正，「種族是賽爾波。他有三個身體，名字叫希爾頓。」

約翰全身裹在毯子裡，從縫隙中露出茫然的臉。克拉斯無奈地看著他，「三年多了，你依舊從不在協會的資料室多坐一會，是嗎？」

「有些生物很少見，」約翰解釋說，「只靠看看古圖鑑很難記住細節。比如，協會的大多數人也都不瞭解石人啊。」

「好吧。『賽爾波』這個詞翻譯成英語就是腦子的意思[1]，其實含義更類似『主腦』。賽爾波是兩到三個身體共用一個思維的種族，每個身體的外表、性別區分都和人類差不多。賽爾波女性一次只能懷一個孩子，雖然看起來就像是『多胞胎』。」

「多胞胎，但只有一個孩子？」約翰問。

1 「賽爾波」確實是腦子的意思，有一門叫世界語的冷僻語言……裡的詞，英文也有這個詞，和世界語發音似乎差不多，但拼寫不同。當然這裡和世界語沒關係，只是取了個發音，假裝它出自某個高大上的古語……

「因為他們有多個身體，使用一致的思維。賽爾波通常是兩或三個身體，主腦隨機長在其中任何一個身上，這三個身體看起來就像人類的同卵多胞胎，其實卻是同個人。身體的思維意識是完全相通、同步的。」

約翰感嘆著賽爾波的奇妙，「他們看起來和人類沒有差別嗎？如果主腦出了意外呢？那剩下的……」

「就會變笨，」克拉斯說，「根據協會的記載，在十八世紀有人幫助過一個失去主腦個體的單一賽爾波身體。他看起來就像智力殘缺的人類。」

「如果主腦個體還在，失去了其他個體呢？」

「智力同樣會減退，但不明顯，頂多是退化到和人類差不多的水準——賽爾波原本可是非常聰明的種族。其實，偶爾也有殘缺的、出生時就只有一個身體的賽爾波，他們的壽命很短，只有八九十年。這種賽爾波常被誤認為是人類。」

「八九十年……」約翰想了一下現代人類的平均壽命，「賽爾波本來的壽命是多少？」

「三百年左右吧，」克拉斯說，「所以他們也需要協會的幫助。他們的壽命長，老化慢，合法身分問題也挺難解決的。我們要去找的那位希爾頓大約一百一十多歲，對電子資訊、程式設計什麼的很在行。他有三個證件以便偽裝成人類，對外的身分是桑力、頌力、塞力三兄弟。」

這時，開車的兀鷲發出喉音，像是在笑一樣，然後又說了一段含混的音節。克拉斯回答：「是啊……我也感覺到了。」

「他說了什麼？」約翰問。

「他說，我們的樣子讓他想起以前。那時，我們也常常在後座上聊各種生物。」

「是啊，」約翰說，「真希望以後的每天……我們也都這麼度過。」

克拉斯沒回答，甚至沒有看他，只是沉默地微笑著看向窗外。

希爾頓先生的家在高檔住宅區裡，三樓別墅，還附前後院。「桑力、頌力、塞力三兄弟」是非常優秀的技術人才，在資訊技術、軟體工程等領域非常有名。有不少人認為他們低調得有點病態，否則憑他們的實力，應該成為影響全球的大人物。

希爾頓當然得低調。他還有將近兩百年的生命呢，總得為重建身分做準備。門禁系統是自動回應的，在客人等待的期間，它還會播放音樂。來開門的是個黑髮青年，像是西班牙裔，他裹著浴袍，頭髮還在滴水。

約翰剛想打招呼，青年問：「你們是德維爾．克拉斯和……他的搭檔？為什麼裹毯子？」

「我是克拉斯，」克拉斯回答，「我的搭檔是血族，希望你不介意。」

「哦，我不介意。奇奇怪怪的事我見多了。」

「希爾頓在家嗎？」

原來黑髮青年並不是希爾頓……約翰暗暗想著，怪不得這人的氣質完全就是個人類。

「進來吧，他還沒洗完澡。」

克拉斯和約翰坐在客廳的沙發上，青年還特地為約翰拉上了窗簾。他領子下的皮膚若隱若現，浴袍裡裹著不少深深淺淺的情欲痕跡。察覺約翰的視線，青年勾勾嘴角，「既然是白天能出門的吸血鬼，歲數至少有三位數吧？你看我的眼神就像小學生在看裸體啦啦隊長一樣。」

約翰尷尬地咳了幾聲。克拉斯決定幫他換個話題：「先生，剛才你稱呼我為『德維爾．克拉斯』，那麼，你應該知道我身上發生的事了？」

「當然。」青年點點頭。

「把一個幽暗生物放進屋子裡，而且不懼怕……謝謝你。」

「沒什麼，」青年聳聳肩，「我的年齡不算大，沒經歷過與魔鬼作戰的年代，對這方面不瞭解。既然希爾頓接受你的來訪，我當然也沒意見……」話剛說到一半，他整個人的高度突然縮下去了一大塊，最後一個詞的尾音突兀地變得尖細。

「哇哦！」約翰瞪大眼睛，連克拉斯也完全怔住了。

他們面前，青年男人變成了黑捲髮的女郎，由於身體形態改變，浴袍變得寬鬆，肩膀和豐滿的胸部完全露了出來。這一切只發生在一瞬間。

「你是個……迷誘怪？」克拉斯驚訝地看著她。

黑髮女人重新把浴袍裹好，「我都變回女性身體了，你就不能避開目光嗎？學學吸血鬼先生。」說完，她撥弄著頭髮走上樓梯。克拉斯轉過頭，看到約翰非常紳士地把臉扭到一邊。

「她穿好衣服了。」克拉斯提醒他。約翰看了看迷誘怪的背影，又凝視克拉斯。

「怎麼了？」克拉斯問。

「真知者之眼……它還沒恢復，對嗎？」

克拉斯點點頭：「可能將來慢慢會恢復吧。需要一段過程。」

「這是不是表示……」

「表示我還沒穩定下來？」克拉斯回答，「是的，確實如此。這也不是壞事，反正我們就要做應對魔鬼祭品的準備……」

約翰想再說點什麼，這時希爾頓走了下來。三個人……當然實際上是一個人，穿著同款的家居服，都用右手端著同樣的罐裝飲料。他（們）一一和克拉斯握手擁抱，整齊地坐在他們對面的沙發上。

「剛才和你們談話的是弗朗哥，」左起第一個身體說，「我的伴侶，」中間的說，「他以前是獵人。」最右邊的說。

希爾頓知道三年前的事，也知道克拉斯現在是什麼生物，他表示不介意。談話主要是由克拉斯負責。在克拉斯講述最近發生的事、以及協會的請求時，約翰一直在震驚地看著希爾頓的三個身體，思考賽爾波和迷誘怪是怎麼上床的。顯而易見，在他們上門之前，希爾頓和弗朗哥這四個人……實際上是兩個人，正在進行某些激烈運動。雖然希爾頓其實是同個人，可身體是三個啊！三個！三個身體都要獲得滿足？還是一個就可以？如果一個就可以，那為什麼三個都在洗澡……

他還沒想明白這件事，克拉斯已經站起來和三個身體分別握手告別了。希爾頓願意幫助協會，他唯一的要求是，希望計算法術資料的驅魔師們可以來他家辦公，這樣更方便交流。

剛要出門，約翰被希爾頓（的一個身體）叫住：「今天是我的休息日，所以……我有點沒安排好時間，讓你看到這些，抱歉。」

「什麼？」約翰回過頭。

「你不是一直在驚訝我和迷誘怪是情侶嗎？」另一個身體說，「如果協會來我家辦公，我不會讓你們再撞見那些的，我保證。」

約翰尷尬地問：「希爾頓先生你……像變形怪一樣，能讀心？」

「不能，」又一個身體說，「是你的想法都寫在臉上了。」

當天傍晚，驅魔師都來到了希爾頓家，緊跟著，沒地方辦公的職員和沒地方歇腳的獵人們也來了。

晚上八點多，三輛廂式貨車停在希爾頓家門口，跳下來以洛山達為首的幾個惡魔，還有卡爾和西灣市的幾個野生血族。貨車上是一堆書架，來自黑月家的北塔圖書室。洛山達說，他們怕某些書本帶有防護法術，所以不敢直接拿，就把書架平放著一座座搬上車疊起來。

洛山達擦著手，「協會沒有狼人，這種花力氣的事也只有惡魔和血族能幹了。」

希爾頓先生的一個身體從樓上書房走出來（似乎是叫頌力的那個），趴在欄杆邊招招手，「嗨，我這邊大致上沒問題了。」

「那麼可以開始了？」克拉斯問。

「開始什麼？」

「開始設計程式……」

「不，我是說，」希爾頓（頌力）皺皺鼻子，彷彿克拉斯的疑問極大地侮辱了他（們）的智商，「在你們還沒搬來時，我就寫好程式了。你們的需求非常簡單，比我平時接的案子容易多了。現在，程式已經算出初步結果了。」

客廳裡的眾人面面相覷，人類排隊跑上樓，有些心急的超自然生物直接從欄杆翻了上去。

希爾頓的三個身體指著他螢幕上的幾個簡單圖形，以及一堆數位和字母命令。

「一百四十六萬八千八百零五點二秒。」

「什麼？」驅魔師們像小學生一樣在地毯上圍坐。

「根據你們提供的普遍復甦速度計算的，復甦所需時間。」希爾頓們同時攤開手。

當家族血脈消失時，祭品並不是在下一秒立刻跳出來，而是逐步復甦。比如阿特伍德家的那個，她也是漸漸越來越強大的。

希爾頓解釋說：「這個結果的意思是，如果黑月家的人都死了，從我剛才報數的時刻算起，魔鬼靈魂在九萬三千九百六十秒後會完全自由，且力量會達到高值。哦，現在讀數又減少了，因為說話又用了幾秒……」

「請換算成天數……」克拉斯提醒他。

「一天多一點。」

「這是假設黑月家徹底消失？」麗薩問，「但我們還沒死，至少還有兩個……」

「嗯，我知道，」希爾頓說，「其中一個隨時可能消逝，對吧。」麗薩點點頭。她不希望如此，但又必須做好準備，這是現實。

「假設只剩妳一個，」希爾頓在鍵盤上敲了下，「以你們提供的資料為根據來推算，它大約需要一百四十六萬八千八百零……」

「請換算成天數……」

「大約十七天左右吧。從路希恩死去時開始倒數。」

協會的人們沉默著。時限聽起來不算太糟糕，可仔細想想也夠緊迫的。如果路希恩不能挺過去，他們就要開始倒數計時了。

「我有個問題，」這時約翰問，「你們別笑我，我不懂這些……魔鬼究竟強大到什麼地步？我知道掙脫獻祭術的靈魂會變得更強，那麼，這個魔鬼會強大到什麼地步？」

克拉斯想了想，「大概是很多個我？」

「而且會蔓延，」麗薩抱著一本書說，「我們沒見過從獻祭術中甦醒的魔鬼靈魂，但可以根據記載，來看看曾經的魔鬼是什麼樣的生物。」她把厚厚的書翻開某一頁，「為了避免卡蘿琳和卡爾這些人聽不懂，我就不念法術細節了。只說比較有代表性的事件，比如，領轄血族魯韋家族是遭到魔鬼攻擊而覆滅的，聖殿騎士團曾因與魔鬼交戰，一夜之間戰死千人……」

克拉斯說：「也不用太悲觀。想想過去，各種生物曾經聯合起來，把魔鬼消滅得一個也不剩……除了剩下我。那麼，我們為什麼不能再創造一次勝利？就算祭品會變強，它也只有一個，而我們有協會、獵人、各處的黑暗生物，我們數無可計。總會有辦法殺了它的，儘管讓它出來吧……」

「你說得像世界大戰一樣，」傑爾教官提醒道，「這會牽連多少普通人？」

克拉斯回以微笑，「如果是這樣，我有個建議，也許值得試試。」

「是什麼？」

「是個現在很少見的古魔法。由於成本高、準備時間長、又沒什麼實際意義，所以很少有人願意籌備它。」

約翰猜到了克拉斯所指的東西，畢竟他們一起經歷過。「你是說……」

「對，實體沙盤空間。」

「沙盤空間！」驅魔師們驚嘆不已，「理論上是可以，我們可以直接用黑月家的土地做培養池，把祭品也包含在沙盤裡……確實是減少傷亡的辦法，可是魔鬼不會掙脫它嗎？」

「也許不會，」麗薩從書籍紙張裡抬起頭，「從留下的記錄來看，以前的施法者也曾經利用沙盤空間對付過魔鬼。他們為保護人口密集的地區不被殃及，就想辦法把自己和魔鬼一起困在裡面，直到獲勝或戰死……但是，有兩個問題。」

她看向克拉斯，「第一，雖然記錄表示魔鬼不會打碎沙盤空間，但復甦祭品其實比昔日的魔鬼更強大；第二，就算不能破壞，魔鬼也能夠從正確的出口離開，直接走出沙盤。以往有大量這樣的記錄。據我所知，前不久克拉斯也這麼走出來過，沙盤的出入口並不具有分辨種族的能力。」

「我們有辦法的，」克拉斯雙手撐住桌面，微笑著說，「在出入口用它的真名做束縛咒文，它就不能出來了。」

驅魔師們都愣愣地看著他。其中一個說：「呃，我確認一下，那魔鬼的真名……也是你的真名？」

「當然，我之前已經承認過了。」

「我們用你的真名施法，你……就不擔心嗎？」

「擔心什麼？擔心我自己也被束縛住嗎？」克拉斯搖頭，「我不擔心。舉例來說……假如現在我想殺光在場所有人，你們是無法阻止我的，真名那一套來不及立刻使用。你們拿我沒辦法，就只能同意和我共事。同樣，如果將來你們要用真名控制我，我也無法阻止你們，那時我只能屈服。所以，現在你們能不能活著，取決於我是否想殺戮；將來我能不能活著，則取決於你們是否相信我。看，既然我們彼此都沒什麼選擇餘地，只能走這條路，那還擔心什麼？」

人們很清楚，克拉斯說的話並不僅僅是比喻，他確實有殺光在場所有人的能力。也許有人能「勸阻」他，但沒人能「阻止」他，至少這房間裡的人都做不到。

約翰拉了拉他的前臂，壓低聲音道：「克拉斯……」

「怎麼了？」

「你的語氣有點太恐怖了……」

「哦……」

克拉斯低頭，盯著希爾頓家地毯上的提花片刻，說：「抱歉，我說的是實情，但表達得有點……不妥。我只是想讓你們知道，我的決定是我自己的選擇，和你們是否相信我無關。現在最迫切的事是對付魔鬼祭品。」

說完，他偏過頭小聲問約翰：「我嚇到你了嗎？」

約翰點點頭，又搖搖頭：「嗯……不，其實你嚇到所有人了。」

說所有人也不確切。比如，在樓下餐桌上辦公的艾麗卡就沒聽見剛才的對話。

她急匆匆地跑上來，手裡揮著麗薩丟在客廳的手機，「各位，麗薩在哪裡？」

「怎麼了？」麗薩站起來。

「有個找妳的電話，不好意思，我一不小心就替妳接了，我總以為這裡是協會的櫃檯……」

「沒關係。誰打來的？」

「妳最好趕去醫院一趟，」艾麗卡說，「醫生打來的，路希恩的狀況似乎不太好。」

子彈從背後射入腹腔，在路希恩體內造成嚴重的連鎖破壞，多處組織和內臟受損大出血，現在還出現了感染現象。也許是因為擔心著黑月家的情況，起初路希恩還時常保持清醒，現在卻已經在高燒中昏迷。他的多個重要臟器衰弱，監視儀器的數值徘徊在危險的臨界點上。

替大家留在醫院的是史密斯。因為他具有讀取表層思維的能力，如果路希恩清醒過來，但不能動彈，他可以第一時間瞭解到路希恩需要什麼。

「情況在惡化，」史密斯對麗薩說，「他隨時有可能……」

麗薩問：「他和你說過什麼嗎？」

「如果你是指他所想的，有。他知道自己的狀況。他說他想死去，但又不敢這麼做。」

麗薩靠在牆上，絞著雙手微微仰起頭。她明白這句話的意思：路希恩當然非常痛苦，任何人在這種情況下都會期待解脫，哪怕下一秒墜入黑暗，也比忍受這種恐怖的折磨要輕鬆。

可是路希恩知道自己不能死去，一旦他死去，黑月家就只剩下麗薩一個人，那時，對祭品的束縛又會減少一層，魔鬼掙脫的速度會變得更快。更重要的是，現在他和麗薩是彼此唯一的親人，即使沒有魔鬼，他們也不想再失去彼此。

「麗薩，我有個建議，」史密斯扶著她的肩，讓她坐下，「在妳還沒趕來前，我和路希恩溝通了不到三十秒。其實也不算溝通，我只問了一個問題，他回答了，他的腦子裡盤旋著一句話……然後我就讀不到他的思維了。」

「你們說了什麼？」麗薩問。

「我和他說，有個辦法能讓你活下去，但就算你選了這個辦法，對魔鬼而言你也和死了一樣，你願意選擇活下去嗎？」

麗薩迷茫地看著變形怪，一時沒理解他的意思。

史密斯繼續說：「路希恩不能嚴謹地回答，但我能感知他想表達什麼。他說，麗薩，他希望由妳決定。」

麗薩困惑地望著他：「你們指的是……難道是通過心臟轉移靈魂的巫術？我想不行，雖然黑月家世代是古魔法研究者，但我們有不得褻瀆屍體的傳統……」

「不不，不是那個。那巫術需要屍體，我們現在沒有合適的屍體……再說了，妳看看克拉斯，看看瑪麗安娜，轉移靈魂後，原本的施法能力也好，身體的靈活性也好，多年來對咒文和藥材的感知力也好，都會消失或劣化，得重新適應。我想，路希恩不希望自己變成手指笨拙、能力盡失的普通人。」

「那你說的到底是什麼？」

史密斯有點難以開口，他依舊措辭謹慎：「是這樣的，這個方式讓他能夠保有原本的人格、外貌、繼續擁有過去的一切，而且他也不會離開妳。同時，一旦他使用『這個方式』活下去，他的生命就不再屬於黑月家，他會變成不死生物……血脈束縛仍然只剩下妳一個。」

「我懂了！」麗薩眼睛一亮，「我同意，我也這麼想……天哪，確實是個辦法！」

她立刻撥通協會同事的電話：「我怎麼沒想到——我們可是有好幾個吸血鬼呢！」

當接到麗薩的電話，並聽到她想用血族初擁來救路希恩時，約翰第一個反應就是大叫：「不！不！這絕對不行！」

想了想，他又說：「當然，我並不是說他不能變成血族，只是……我不能幹這件事！」

「她讓你幹哪件事？」克拉斯邊翻古書邊側過頭。

約翰的手在空氣裡一下握拳，一下鬆開，看起來糾結得要命。「不行，麗薩，真的不行。不僅是他的個人意志的問題，更重要的是，我沒有經驗，不能保證他的安全。」

聽到這句話，克拉斯立刻明白了麗薩在請求什麼。「她想讓路希恩轉化成血族？」

約翰繼續勸說麗薩：「妳知道的，初擁交換血液很嚴謹，不容一點疏忽，必須是經驗豐富的血族才能做得好。而且，轉化過程非常痛苦，不是肉體上，主要是靈魂上的，被初擁後的最初幾小時必須有經驗豐富的血族陪伴，進行安撫引導，不然很容易挺不過去，體格或人格會出現各種缺損……」

「我知道，」麗薩說，「可是，血族初擁的成功率很高的，比狼化感染成功率什麼的高得多，我相信你可以。不然難道你想讓卡爾來嗎？」

「我和卡爾都不行！」約翰覺得，如果自己是人類，現在一定滿頭是汗，「我真的承擔不起這個責任，路希恩也不會高興讓我這麼做的，一旦……」他想說，一旦初擁成功，他就會變成對方的「長輩」，這也太詭異了……

麗薩幾乎對著手機喊起來：「我不需要路希恩覺得開心，只想讓他生存下去！」

克拉斯叫約翰把手機遞給他。他說：「麗茨貝絲，我有個提議。只不過，我們和路希恩可能都需要再等等。」

「等多久？」麗薩問。

克拉斯在筆電上打開一個網頁，約翰湊過去，非常熟悉的詞語跳入眼睛。克拉斯說：「我想，最少最少……也需要兩小時左右。最多不會超過半天，路希恩可以嗎？」

「我不知道，」麗薩望向監護室深處，雖然她站在這裡根本看不到路希恩，「我不知道他到底能撐多久。」

克拉斯指指網頁上的電話，又指指樓下。約翰立刻明白了他的意思，著手去聯繫他們要找的人。

「麗薩，我想找的人現在在尼斯湖一帶，」克拉斯說，「如果他能用私人專線飛機立刻趕來，全程大概需要兩小時。」

「你要找誰？」

「亞瑟・門科瓦爾，或者說，亞瑟・黑月。」

亞瑟是領轄血族門科瓦爾家的高階掌事人，更是曾經的黑月家先祖之一。在吉毗島時，克拉斯、約翰他們和他有所接觸，並目睹了門科瓦爾家叛逆者的死亡。

門科瓦爾家有個官方網站，上面會即時更新高位階成員的所在地，以便管理公示。這個網站不會被搜索到，但仍有人誤打誤撞地點擊進來，誤入者通常對它毫不在意，只以為是重度血族幻想狂做的網站。

今天網站上顯示，亞瑟在尼斯湖附近的別墅區。接到請求後，亞瑟同意立刻趕來。協會這邊則由兀鷲開車，載著克拉斯和幾名驅魔師先去市區準備某個法術，再去郊外小機場迎接亞瑟。

他們並不打算用汽車把亞瑟送去醫院，而是用錨點法術。只要亞瑟一下飛機，就直接把他用錨點丟去市區。

當年，西多夫的深淵魔法錨點能連接西灣市和羅馬尼亞的森林河灘，而人類古魔法錨點的範圍有限，精準度也不夠。比如克拉斯做過的那個，它只能在兩個定點間最多傳送一百英尺。

克拉斯消失的三年間，協會其他驅魔師曾經研究如何改進錨點。現在，他們多人協作，調整了施法材料和咒文成分，施展的錨點能夠將一個人最遠傳送到西灣市的回聲街。這裡和醫院還隔著一段距離，可是，他們不能再去新做一個錨點了，沒有足夠的施法者，也沒有足夠的時間。

登機前，亞瑟在電話裡告訴他們：不用擔心，到回聲街後，我會全力跑去醫院。兩個多小時後，沒人看到亞瑟是怎麼從回聲街跑著去醫院的。作為古老的血族，他的每個動作都能完美地融於夜色之中。

約翰提前到了醫院，和史密斯、麗薩會合。當他幫這兩位溫血生物買好咖啡帶上樓時，醫生已經宣布路希恩死亡，並同意讓麗薩和他獨處片刻。從史密斯的表情看得出來，路希恩當然並沒有死。誰知道他們是怎麼騙過醫生的，大概幻術就可以了。

「亞瑟已經到了？」約翰小聲問。

史密斯點點頭，「到了。你等等就能看到了，他竟然穿著一身全白的晨禮服！胸前戴著塑膠百合花！在夜裡，穿著全白的晨禮服，爬窗進醫院，簡直像個變態……」

「他向來都是這樣……」約翰想起了吉毗島上的白色衝浪緊身衣。

「他還拿了一疊合約，」史密斯比劃了一下合約的厚度，「領轄血族的發展子嗣協議書、身分告知函、初擁風險說明、血族生活細則、初擁同意書、親眷協議、自願委託書……得先把這些拿給人類閱讀並簽章，再交給家族議會審核通過，然後在有協力第三者監督的情況下進行初擁……」

「領轄血族是這樣發展子嗣的？」約翰想，自己和協會簽合約都沒簽得這麼麻煩。

史密斯聳聳肩，「聽說幾百年前更複雜。現在他們搞出了標準化流程，反而簡化了很多步驟。亞瑟拿來的似乎是現成文件，他們先做完初擁，再慢慢簽好，之後讓門科瓦爾家議會補蓋公章就行了。因為亞瑟的地位高，他的信譽也高，一般成員可不能這麼做。」

約翰早就知道領轄血族初擁新人的過程很麻煩。他以為是像電影裡那樣：在華麗的巴洛克風格大殿裡，血族長老們分坐在不同位置的高背椅上，氣氛壓抑又神聖，在商議和投票時還會說古語……他從沒想到，現在貴族們已經把這個過程搞得像商業談判了。

幾分鐘後，麗薩出來了。她是被亞瑟趕出來的。據亞瑟說：「轉化前的準備過程可以讓任何人觀看，轉化後的引導安撫……妳就別看了，這是妳哥哥，很尷尬的。妳會不舒服，我也會難為情，將來他更會沒臉面對妳，會影響你們的親情關係。」

於是麗薩被推了出來。她忍不住回頭看，有點擔心這行為到底能有多羞恥，甚至都會影響親情關係了……

「盥洗室，左轉上樓。」史密斯對她說。麗薩愣了一下，才反應過來是變形怪讀了她的想法。

「夠了，這點小事就別對我讀心了！」她看起來明顯比之前好多了，至少表情放鬆了很多。

轉身剛繞過拐角，她又退回來，「史密斯，我們在病房前做個消聲力場吧，不用很大。」

「幹什麼？」史密斯問。

麗薩摘下眼鏡揉著眉心，「呃……亞瑟說……路希恩可能會呻吟，我怕醫院的人聽到……」

幾分鐘後，克拉斯也到了醫院。當然，他是偷偷潛入的，畢竟現在沒辦法再對護士說要探望路希恩。

走上樓梯時，他察覺到樓上正作用著消聲力場魔法。法術能持續的時間很短，而且無法在同一地點重複使用，克拉斯一時不明白他們為什麼會需要這個。接著他看到，約翰和史密斯趴在病房門上，擠在長方形豎玻璃窗邊，從磨砂彩色貼紙的破損邊緣專心致志地偷窺著。

克拉斯輕咳了一聲，隨即他想到，這裡作用著消聲魔法，他們聽不見。於是他站在這兩位身後，默默地盯著他們。

看來史密斯正專心地讀約翰的心，或者門後之人的心，所以他沒察覺身邊多了一個人。約翰更是遲鈍得不可思議，明明他可以直接感知到克拉斯的位置，現在卻全心投入在偷窺病房上，對克拉斯的出現毫無所覺。

約翰感覺有點不對勁，視線剛移動一點就看到了克拉斯。血族和變形怪同時轉頭，無聲無息地驚叫起來。克拉斯這才明白，他們是在偷看初擁過程……

亞瑟似乎處理完了某階段的工作，打開門走出來。他張了張嘴，沒發出聲音。於是他一一擁抱了三人，用口型對克拉斯說：

「看看你的前任和現任！他們的好奇心都這麼重嗎？」

約翰沒讀懂唇語。他剛比手畫腳了幾下，消聲力場的效果剛好結束了。他說：「雖然我經歷過這個，但我沒以旁觀的角度看過，就像自己開車和看賽車的區別……我只是很好奇領轄血族的做法會有什麼不同……」

亞瑟拍拍他的肩，「那你覺得有什麼不同嗎？」

「我沒看清楚。路希恩什麼時候能醒過來？」

「會很快，」亞瑟回頭看看病房，「會比一般的子嗣要快。因為現在我和他有雙重的血脈連繫，畢竟，他算是我很多代以後的……侄孫？」

克拉斯打斷他們討論血脈的話題：「亞瑟先生，根據我們剛剛得到的消息，門科瓦爾家有數位長老動身趕來西灣市，是你通知他們的？」

「不是我，」亞瑟驕傲地笑笑，「我也才剛接到波莎娃議長的電話，她告訴我他們要來……他們是為協會的郵件而來的。聽說你們要做沙盤空間？」

「是的……」

「門科瓦爾家是無威脅群體庇護協會的主要資助人之一。我們認為，現在你們需要幫助。」

有很多人在聚集過來。

協會各地辦公區都抽調人員到西灣市，參與應對現在的局面。他們正從世界各地趕來。

凌晨時，班機降落在夜幕之中，門科瓦爾家幾位長老走出機場。還有獵人組織的狼人戰士，他們統一乘坐巴士到西灣市。路過克拉斯家的房子時，還有人如導遊般比比劃劃地講解。

麗薩接到一通陌生的電話。對方自稱認識路希恩，且能在沙盤空間上幫點忙。詢問之下才知道，他是馬克，英格力公司的前員工，他和阿麗特正準備從國外回來。

據說，原本羅素先生也要來。但最近他的身體狀況很差，連站起來超過五秒鐘都會變得半死不活，根本不適合長途跋涉，協會生怕他來這裡後會出什麼事，拒絕他親自到訪。

羅素不甘心，堅持一定要做點什麼，連當個遠程顧問都嫌不夠……傑爾教官想了想，對他說：「如果一定要幫忙，就讓地堡監獄替我們收押一個人吧，那人曾經是怪物，現在卻是毫無特殊能力的人類，所以收押他也許是違規的……」

羅素同意了，於是前．石人被銬起來，押上了開往地堡的車。

這一夜有點混亂。協會的每個人都忙得團團轉，手機總是響個不停。

路希恩不會再有危險，但也等於已經死亡。從現在開始，眾人要在十七天內完成實體沙盤空間。

黑月家的祖宅將被當作培養池。當然不僅是指房屋，還有附近相當廣闊的私人土地。培養池越大，沙盤空間也能做得越大，以黑月家的土地面積為基準，差不多可以做出個城市大小的空間了。

凌晨四點多，卡蘿琳喝著咖啡，看著程式設計師希爾頓的別墅內熱鬧的場面。

「我覺得這地方像……」

「像什麼？」麗薩問。從醫院回來後，她立刻開始其他工作。

「像電影裡，火箭發射之前的控制室什麼的。」

麗薩敲著鍵盤，笑笑地搖頭，「根本就不像，那種地方不會這麼吵的。」

「還有點像火炬木小組[2]……」

「他們才沒這麼多人，這麼擁擠。」

「我知道了……像愛隆會議[3]！」

「就物種的多樣性來說，也許確實……」麗薩說完，看向熊人驅魔師，他來自烏蘭烏德辦公區，正在和肩膀上的爐精爭論原料問題。

卡蘿琳盯著麗薩片刻，說：「麗薩，我想問妳一些事。」

---

2　火炬木小組（Torchwood），出自英國經典科幻電視劇《神祕博士（Doctor Who）》，是研究與應對超自然現象及外星人的祕密組織；後來推出專屬的衍生劇。

3　愛隆會議（Council of Elrond），《魔戒》中大家在愛隆王那裡商量組隊去末日火山的那一幕。

「什麼事？」

「關於克拉斯……」

麗薩暫時停下手上的工作，擦拭著眼鏡，「妳是指……關於他對我的家人做出的一切嗎？」

卡蘿琳點點頭。克拉斯和她們是多年的朋友，卡蘿琳自認為瞭解他，他不是邪惡的生物，可黑月家又確實是被他的力量所毀滅的。

「我有點理解海鳩了，」麗薩嘆口氣，「那位克拉斯家的女幽靈……阿特伍德老宅發生的事，妳也記得吧?在那之後，海鳩離開了。她說，她明白那不是克拉斯的錯，但她就是沒辦法面對他……現在，我能體會這是什麼感覺。」她戴上眼鏡，重新讓視線轉回螢幕，「我想，克拉斯仍然會是我的同僚，但……也許不會再是朋友了。」

卡蘿琳用手肘撐著膝蓋，手托著臉，一副苦澀的表情。麗薩補充說：「不過，妳要如何看待他是妳的事，不要受我影響。」

「我不是擔心這個，」卡蘿琳說，「我總覺得，克拉斯說過的話另有深意。」

「深意？」

「我能想像他有多自責，」卡蘿琳說著的時候，麗薩也點頭，「他提出沙盤空間，提出使用他的真名……沙盤空間完成後，他想親自進去對付魔鬼，對吧？」

「那當然，他比我們這些施法者強大多了。有很多人都會進去的，其中一定得有他。」

「不，不是這個意思，」卡蘿琳緩緩搖著頭，「我是覺得，他根本就不打算出來。」

麗薩再次停下打字的雙手。卡蘿琳仍疑惑地歪著頭，她的思維在絕大多數時候魯莽簡單，但也有時出會人意料的敏銳。不知道這次屬於哪一種。

Unthreatening Creature Protection Association

# Chapter 27

## 陽光與黑夜

▼
▼
▼

# 無威脅群體庇護協會

倒數計時開始的第一天。

夜幕再次降臨後，克拉斯和傑爾教官接到通知，得去艾菲達機場和某些很重要的人物會面。會面地點不在任何房間，而是在一架藍白相間的波音七四七上。其他人都沒有收到邀請，就只能在外面等待。

「他們去見誰了？」機場裡，約翰和同事們混在候機的旅客之中。

「很多人，」亞瑟說，他暫時留在了西灣市，和協會的人一起行動，「比如你們協會的總負責人，還有幾位領轄血族的議長，亞洲施法者家族的話事人，還有歐亞大陸狼人們的可汗、美洲狼人的首領……該叫什麼呢，酋長？」

麗薩坐在他們身邊，「還有一些政治領袖。具體是誰我也說不清。普通政治領袖的出行保密程度比超自然生物們還高，我們沒有得知確切資訊的許可權。」

約翰坐立不安，一直朝玻璃外望。麗薩對他說：「不用擔心，克拉斯不會有事的。」

「他並不知道具體要談些什麼，」約翰說，「飛機上都是對他懷有質疑的人，他們都擔憂他的魔鬼靈魂……」

麗薩說：「那也不會有事，他們不是去打架的。別忘了，飛機上還有普通人類呢，而且多半是某些政治家。」

「說得好像空軍一號一樣……」

亞瑟故意清了清嗓子，一隻手指豎在唇邊，「你們怎麼知道它不是？」

「什麼！」約翰和麗薩異口同聲，驚嚇得從椅子上站了起來。

約翰的擔心確實是多餘的，談話商討很快就結束了。他們乘車離開機場，不是回希爾頓的家，而是趕到黑月家土地附近的臨時基地去。那一帶看上去就像戰時的兵營或者勘探基地，軍用帳篷像村落一樣分布，人員輪班休息，匆匆來去。

用不到十七天的時間來建築沙盤空間，這是非常困難的任務。以英格力公司的先例來說，就算用化合物來代替古魔法稀有材料，要構築一個完整、穩定的沙盤空間也至少需要一到三個月，面積越大，時間還會越長。

因為，在設計細節之餘，主施法者的力量非常重要。他要負責喚起培養池、維繫沙盤空間，通常也只有主施法者才能解消空間。英格力公司的項目負責人曾經就是個主施法者。當初因為他違法入獄，所以馬克和阿麗特才需要想別的辦法終止法術，並因此遇到了約翰和克拉斯。

人類主施法者的力量有限。如果把原本一到三個月才能完成的施法壓縮到十七天以內，無異於剝奪他的健康，甚至危及其生命。

「所以，得由我來做主施法者，」克拉斯對同事們說，「恐怕，在場的所有人裡，沒有誰比我的靈魂力量更強大，只有讓我來，才能保證在十七天內完成。但是不得不說，我從沒試過喚起沙盤空間的法術，所以在這過程中需要有人協助我，盡可能地指導我。」

他並不缺輔助人員。營地聚集了從各地趕來的驅魔師和研究者，有些人還專門帶了隨行翻譯。帳篷裡就像戰術指揮室，桌上滿是英格力公司的資料、古魔法典籍的影印本等等……約翰在門口插不上話，只能靠在儲物架邊看著克拉斯。

在帳篷區的遠處，圍繞著黑月家的土地，人間種惡魔、血族和遊騎兵獵人開始按照圖紙繪製基準線，也就是培養池的範圍。如果從空中俯瞰，基準線就如同一塊塊麥田怪圈，只不過它是以房屋遺跡為中心，出現在草地和森林之中。這一帶完全戒嚴了，為了保密，不方便安排直升機來航拍，於是施法者們對史密斯說：變個能飛的東西吧，馱麗薩他們上去，從空中檢查圖案。

史密斯剛剛把一頭長髮盤成玫瑰髻，還特意穿了俐落帥氣的小皮夾克和短裙，這下卻又得變成羽蛇神或者龍之類的東西。他垂頭喪氣地問：「好……你們希望我變成什麼？」

「隨你，別把我摔下來就行。」麗薩說。

卡蘿琳擠過來，雙手用力拍上史密斯的肩：「來一架阿帕契！」

「我是變形怪，不是變形金剛好嗎？」

最後，他還是變成了羽蛇神。因為羽蛇神動作靈活，沒有棘刺，身上還有鬃毛，方便讓人類抓握。而且他所變的模樣體格較小，不容易被遠處的人看到。

他們飛上高處，背後是暖色的晨曦，又一個清晨到來了。克拉斯暫時結束一階段的工作，走到兩座帶有抗紫外線塗層的帳篷前——這裡是血族工作人員的暫住場所。

除了這裡，營區周邊還有一座華麗的尖頂篷房，篷布五顏六色，邊緣鑲有燙金花邊，視力不好的人遠遠看去可能會以為那是個馬戲團……這裡住著亞瑟以及另外幾位血族貴族，他們絕不會住在灰撲撲的軍用帳篷。

約翰從塗層帳篷中探出頭。「克拉斯，你在找我？」

「天就要亮了，你們還沒休息？」克拉斯問。

「他們在聊天，發推特。竟然沒有人要求我們對正在發生的事保密嗎？真不可思議。」

克拉斯笑笑，「不用保密。大家可以隨便對哪家媒體爆料，告訴他們有魔鬼要復活了，會有人信嗎？」

約翰跟著他走出來，「我想問問，做那個『主施法者』會對你有影響嗎？」

「影響？比如，讓大家覺得我人還不錯，變得更容易接受我？」

「不是這方面，我是指健康之類的……」

「不會有影響，」克拉斯說，「實際上我根本沒有『健康』這東西，又怎麼影響它？我連指甲都不會再長了。再說了，沙盤空間是人類的古魔法，對普通人類來說都算是安全的。」

「那麼他們說的『怕普通人承受不了』又是什麼意思？」

「喔，這個啊，」克拉斯停下來想了想，找到個比較貼切的形容，「你可以理解成，普通人類是公司上班族，我是行業寡頭 CEO，如果要掏一筆錢買市中心獨棟房屋，他們得分期付，或者連分期都拿不出來，而我可以短時間內一次繳清。」

約翰想讚美一下這生動的比喻。對上克拉斯的眼睛時，他卻微微一愣，那對沒有睫狀體的純黑色眼珠就像人偶的眼睛，沒有生氣，沒有焦點。

「你在擔心什麼？」克拉斯問。

約翰掩飾地笑笑。克拉斯又補充說：「就像希爾頓說的，你的想法都寫在臉上了，你一向這樣。你在擔心什麼？」克拉斯走近他，「喚起沙盤是人類施法者都能做到的法術，由我來做，只不過是為了加快速度，否則無法趕在魔鬼復甦之前完成。我沒有欺騙你，沒這個必要。如果你擔心我因為戰鬥而失控……這也同樣沒必要，一旦我察覺自己不對勁，會立刻讓身邊的人知道，讓他們撤離。然後，一切都會發生在沙盤空間內，我不會再傷害現實世界的任何人。你只要安排好其他工作，等我們出來就好。」

約翰扶著他的肩，「你說什麼？」

「我的意思是，我們沒辦法很快就出來。就像當年各個種族對抗魔鬼的『雙重獵殺』一樣，這次也可能需要一些時間……」

「不不，我是說，」約翰盯著他深黑的眼睛，「你想自己一個人進去？」

「不是我一個，還有很多人呢，比如狼人術士，魔女血裔軍隊，血族長老施法者，好像還有不少年長的人間種惡魔——比洛山達強很多的那種……名單上有很多人，我都背不下來。」

「但是你沒把我算上？」

克拉斯毫不猶豫地回答：「當然沒把你算進去。你去做什麼？參加行動的血族基本上都是亞瑟、伯頓那種程度的，你很可能幫不上什麼忙。」

「但我能夠影響你，或多或少，」約翰說，「我能幫助你，讓你更好地維持住自我。」

「我們即將面對的是幾百年來最危險的東西。如果真的有必要，我可以放棄『維持自我』。」

「為什麼？」

「我已經是被徹底分離的碎片了，就像個……用來做複製實驗的細胞，現在桃莉小羊已經出生了。你放心，我不會被同化，至多是變成另一個徹底的劣化魔鬼而已。即使真的到了這一步，我也必定記得誰才是我的敵人。」

約翰感到無力。克拉斯所回答的，並不是他想問的東西。

自從克拉斯的記憶、力量和舊有人格恢復，他的性格看似沒什麼改變，思維方式卻和過去不太一樣了。如果是以前的克拉斯，他會明白約翰在乎什麼，而現在，他會首先想到的是殺敵與勝利。

「克拉斯，」約翰捧著他的臉，讓兩人的視線相對，「你不能離開我。」

在克拉斯完全清醒的情況下，締約帶來的命令效果立竿見影。

「我……」克拉斯瞠目結舌地看著約翰。他似乎想反駁什麼，又把話吞了回去，停頓了好一會才說：「天哪，你對我下命令？」

「不然怎麼辦呢？」

「可是我……我……」

締約讓他一方面記得自己的看法，另一方面又無法拒絕約翰的命令，他結巴了一下，憋了半天才能說下去：「好的，我不能離開你，可是不離開你，我又怎麼進到沙盤裡……」

約翰忍不住笑起來，抱住克拉斯的肩，手指摩挲著他柔軟的黑髮，並輕吻他的額頭。「所以，你就必須帶我一起進去。」

克拉斯把頭靠在約翰頸窩上，「很好，今天的第二個命令句。」

「誰叫我沒本事說服你呢？」

「好吧……誰叫我只能接受呢，」克拉斯退開一步，看了看逐漸升起的太陽，「你去休息吧，我還有工作。我們傍晚見。」

約翰點點頭，忍不住輕笑起來。克拉斯問他在笑什麼，他說：「我想起以前。

比如在地堡監獄時，還有偶爾在車上……那時通常都是我醒著，你去睡覺。現在呢，我準備在白天休眠，換成你來等著我睡醒了。」

他想了想，剛要掀開門簾又放下手，回頭問：「克拉斯，處理完這些事，你會回家去嗎？」

「回家？」克拉斯若有所思地望著遠處，「那間房子？也許吧……」

晨曦中，血族們紛紛進入休眠。有不少人類已經醒了，他們一刻不停地投入到工作中，用電子鐘持續著以秒為單位的倒數計時。

有時克拉斯要去施法，有時則停下來等待其他人的配合。正午之後，他被史密斯（所變的生物）帶上高空，俯瞰觀察黑月家土地上逐漸成形的培養池法陣。

他看到的不僅是沿著線條的咒文，不僅是角度獨特的幾何形狀，也不僅是土地周邊密集的軍用帳篷；他還看到，仍有不少屍體在遺跡中徘徊，它們仍然想去殺戮，卻被驅魔師和人間種惡魔的法術困住不能離開。

除此之外，他看得最清楚的，是被力量狂暴地翻開的土地，坍塌或粉碎的建築物，庭院與遺跡中遍地血跡斑斑。不管是闖入的狼人，還是黑月家的主人與僕從，那一天，生命皆被細碎的刀鋒切割得面目全非。

他清晰地記得，那時他衝出地牢，根本不想去探究這地方到底是哪裡，只想摧毀身邊的一切。這種感覺像憤怒，又像狂喜。直到看到異樣的屍體時，在震驚之餘，他仍然隱約地興奮著。

也許可以說，是夏洛特故意安排的，故意讓他誤以為黑月家是奧術祕盟的地牢，可克拉斯卻不這麼想。在觀察和回憶這一切時，他會猶如旁觀者，用作為人類生活至今的靈魂去思考，默默記錄和分析著魔鬼碎片的一切。

我瞭解自己。

我有機會去冷靜，去把憤怒放在一邊，去看看周圍，想想「人類」在這時該怎麼做，可是我沒有。

因為那時我根本不在乎。做這一切時，我樂在其中。

也許因為高處沒有樹蔭，正午的陽光又太過強烈，克拉斯的眼周又酸又脹，幾乎睜不開眼，更無法抬起頭。

他難以想像，如果後來沒有約翰和其他人出現，如果約翰沒有呼喚他、命令他、冒著危險鑽進黑光之中……那麼，接下來會怎麼樣？

毫無疑問，殺戮會繼續，夏洛特也好，她的狼人也好，他們仍然會被徹底毀滅。再接下去是什麼呢？他會走向哪裡，把這份絕望繼續發洩到什麼事物身上？

史密斯盤旋著下降，把克拉斯和另一位驅魔師放下來。「羽蛇神」金色的眼睛盯著克拉斯。史密斯開始幻化，準備變回青年女性的模樣。

克拉斯把一疊資料塞進身邊的人手裡，像逃跑一樣匆匆離開。他明白史密斯的眼神是什麼意思。在變成其他生物後，變形怪也依舊有讀取思想的能力，史密斯讀了剛才他想到的東西。

想到這裡，克拉斯停下腳步，乾脆折返回去。

史密斯正在整理頭髮。看到克拉斯又回來了，他有些驚訝，還以為克拉斯願意談談這些，於是做出輕鬆的表情，想找個合適的開口方式。

「你不能告訴約翰。」克拉斯搶先說。

史密斯愣了一下，「你是說……呃……」

「你知道我指的是什麼，」克拉斯的表情非常陰沉，史密斯確信，自己從沒見過克拉斯這個樣子，「剛才，你察覺到了我想的事。」

「只是讀到了點情緒，我知道你很自責。除此外，沒有太具體的事情。真的，你看，我正要問你呢……」

克拉斯打斷他的話：「別裝了，沒必要。在是魔鬼之前，我還首先是施法者呢。你可以讀心，但沒辦法騙我。」

幾秒尷尬的沉默後，克拉斯又說：「當然，我不是在威脅你。史密斯，相信我，我是在請求你。」

他的語速很慢，把每個音節都咬得非常重：「你不能把降落時最後讀到的東西告訴約翰。」

以黑月家房屋遺跡與附近私有土地為培養池，這個沙盤廣闊得令人難以置信，內部大小幾乎相當於一個中等城市。進去的人們要與甦醒的魔鬼靈魂作戰，較大的面積與複雜地形更有利於安排戰術。

協會櫃檯員工艾麗卡對此的比喻是：一座太空站裡遊蕩著幾隻異形，人類可以與其迂迴作戰爭取勝利；一幢別墅裡闖進了殺人狂，屋主可以利用熟悉的地形躲藏並伺機反擊。而如果異形和殺人狂出現在狹小的空間，比如和你一起站在電話亭裡，那你就連躲起來想戰術的時間都沒有了。

倒數第八天的時候，沙盤被試著啟動了幾次，進行最後的勘誤和加固。要保證沙盤牢固、完整，還要確保魔鬼能夠被困在其中，即使找到正確的出入口也無法離開。

「我們還要面對另一個問題。」

會議上，克拉斯對著滿滿一帳篷的怪物或人類同僚——德魯伊教的熊人祭司、來自各個領轄血族的年長術者、滿地丟煙頭且不愛聽指揮的人間種惡魔們、來自阿拉伯半島的魔女……還有從美洲和亞洲趕來的當地施法者，有的白髮蒼蒼，有的讓人看不出年紀。

「進入沙盤內部後，我們會和外界失去聯繫，不能通訊。出於安全考量，沙盤只設計了唯一的一個出入口。假如有人戰死，你們的朋友、家人，將很可能無法立刻得知這個消息。」

「我們都有心理準備。」一個蒙頭紗的女人說。她來自古老的魔女家族，是非常核心的強大血裔，和當初協會的那位血統稀薄的男性「魔女」不同。

「謝謝妳，塔芙。」克拉斯向她點頭微笑。

「我不是塔芙，我是蕾拉。你右邊的才是塔芙。」

「噢……抱歉，我總是分不清。」

「她的睫毛膏是黑色閃銀粉的，我的是純黑色。」

「謝謝，我保證下次還是分不清。」

塔芙和蕾拉，還有帳篷裡的人們都笑了起來。他們整天都緊繃著身體，也緊繃著表情，習慣之後，笑容反而變得讓人臉頰僵硬。還有不到十二小時，也就是在倒數第七天的黃昏，他們將是第一批進入沙盤的人。

這時，約翰掀起門簾，「克拉斯，有人想見你。」

「誰？」

「一個不穿褲子也不穿鞋的人，」約翰故意這樣說，「怎麼樣，你想到是誰了嗎？」

現在是晚上七點多，夕陽剛剛隱沒在遠處的丘陵之下，月亮和星光都還不怎麼顯眼。比它們更亮的不是營地的照明，而是三座軍用帳篷——它們正在發光。光芒是奶白色的，它柔和地流動，一點都不刺眼。克拉斯和約翰走過去時，發現幾個狼人、熊人還有人類聚在光芒附近，圍著帳篷，單膝跪地。

「你看，」約翰努努嘴，「這些人是古德魯伊教的信徒。」

克拉斯了然地點點頭，「所以……是他？」

奶白色光芒漸漸淡去，一抹銀白色的影子走出來。長髮拖到腳踝，腳步輕盈得猶如空氣，身形纖細的山林之靈——裘瑟，正四處張望，赤著腳踩在草地上。

山林之靈當然並不是古德魯伊教的神，他們至多只能相當於「神聖的事物」。裘瑟不明白為什麼這群人、狼、熊會用看鑽石一樣的眼神看自己。他解釋了好幾遍自己不是本地的山林之靈，而是斯拉夫出身，但這些人依舊用看鑽石的眼神看著他。

大概就像影迷見到了好萊塢明星吧……裘瑟只好這樣理解。

「別這麼看著我，」他望著跪了一片的各種生物們，「你們見到每個山林之靈都要這樣嗎？」

克拉斯走過去，「裘瑟，你要知道，別說是不是見到『每個』了，通常根本沒人見過山林之靈。」

裘瑟和克拉斯擁抱，並盯著他的眼睛看了片刻。克拉斯知道，這是因為自己的眼珠現在仍然是純黑色，沒有瞳孔和睫狀體，不過裘瑟卻沒問什麼。

「我是來幫忙的，」裘瑟說，「這是你們的倉庫，對吧？」

「你來幫忙？」克拉斯不知道他能幫得上什麼忙，畢竟他連魅魔都對付不了……還有，為什麼每次和裘瑟扯到一起時，身邊總會有「倉庫」這種東西呢……

裘瑟回頭看看光芒漸弱的倉庫，說：「我……我可以把你們的食物變得特別好吃。」大多數人都在忍著笑，只有一個女孩大叫一聲「我去看看」，並立刻鑽進了倉庫帳篷——那是卡蘿琳。

「我還可以保證這裡的人近期不會生病，」裘瑟自豪地繼續說，「當然，我是指普通意義上的疾病，不包括受傷。還有，如果有人已經得了某些病，我可以試著治好你們，讓你們不會因為生病而耽誤時間。噢，不過……只能是很簡單的小病，太重的不行，治好特別重大的傷病會影響自然規律，我做不到……」

人群中有個老驅魔師舉起手：「我有糖尿病……」

「對不起，這個我治不好……但我可以治好你的口腔潰瘍。」

「我有溼疹……」

「慢性胃炎行不行？」

「能治好狼人的齲齒嗎？」

「鼻炎……」

裘瑟被一群老驅魔師團團圍住時，卡蘿琳大呼小叫地跳出來，手裡拿著一盒早餐華夫餅。「天哪！這是真的！連包裝食品都能被他變得好吃多了！」

克拉斯和約翰對視，一起聳聳肩。怪不得古時候人們以為山林之靈是神明。

「我怎麼一點都不緊張？」約翰看著眼前的一切，他們更像置身於某個奇妙的派對，而不是籌備迎擊可怕的敵人。

克拉斯說：「我也是。你看他們，竟然在討論該把馬鈴薯變好吃、還是直接把加工過的洋芋片變好吃……竟然沒人害怕接下來的行動嗎？」

「我真高興能認識這些人……不，這些生物。」約翰說。

「我也是。真不想離開他們。」

克拉斯轉過身，離開吵鬧得猶如畢業舞會的倉庫區。約翰跟上去。他對克拉斯說離開只是暫時的，就算需要幾年的時間，他們最終也會回來……克拉斯一直微笑著點頭，沒有正面回答。

「你在擔憂什麼嗎？」約翰在他身後問。

克拉斯搖搖頭，「不，正好相反，我……」

「什麼？」

「我在期待。」

他轉過身，雙拳握緊又放開。有些東西就如同本能。像飛蛾聚在提燈邊，像候鳥飛越海洋。只要活著，魔鬼的本能就時刻不停地在他耳旁囁嚅，他渴望戰鬥，就如沙漠裡的行者渴望水滴。

明天他們會進入沙盤空間。在魔鬼靈魂徹底甦醒前，他們要先熟悉內部世界，做好該做的準備……在這之前，克拉斯能夠從其他人的表情上察覺到恐懼，這才是正常的。人們會害怕，同時又盡可能把注意力集中在美好的事物上，讓自己顯得平靜。

明天對克拉斯而言，更像慷慨敞開大門的海市蜃樓。他會名正言順地離開沙漠，憑著追求水源的欲望，投入那片幻景。

約翰走過來，「嘿，要不要來擁抱一下？」

「你要慶祝什麼嗎？」克拉斯的思緒被拉回來，有點好笑地看著約翰。

「沒什麼，」約翰環著他的肩，讓兩人的頭靠在一起，「你想聽浪漫點的理由，還是不浪漫點的？」

「兩個都想聽。」

「好吧，我先說不浪漫的，」約翰說，「我覺得你的情緒有點不對勁，所以想幫你冷靜一下。」

「為什麼靠擁抱能冷靜？」

「我是血族，幾乎沒有體溫，」約翰故意把手掌貼在克拉斯頸後，「怎麼樣，是不是感到很『冷』靜？」

克拉斯哭笑不得地問：「那麼，浪漫點的理由是什麼？比這個還要好笑嗎？」

「並不好笑，」約翰說，「浪漫點的理由是，你看起來像是需要一個擁抱。」

克拉斯把頭偏開一點距離，「是嗎？那還不如你再咬我一次，這樣效果更好。」

「為什麼？我現在又不需要……」

「但我需要，那會讓我很放鬆。」

「形容得像藥物上癮似的。」約翰說。

當然，他並沒有依言去咬頸側，而是輕輕貼上克拉斯的嘴唇。隔著襯衫，他的指腹能夠感覺到克拉斯的體溫。他知道，相比之下自己的手與嘴唇都太過冰冷，但克拉斯一定不會介意的，因為克拉斯的手臂也緊緊抱著他，甚至比他抱得還緊。

吻和吸血有點相似。吸血會讓人類渾身酥軟無力，連情緒也平靜得趨於空白，而吻也能夠做到這些。

克拉斯靠在一大堆壘起來的運輸木箱上，約翰的胸膛緊貼著他，彷彿用身體把他固定在小小的角落。他們的吻總是很奇特，他聽不到對方的心跳，感覺不到拂過面頰的鼻息，這麼一來，他會忘記這個吻是何時開始的，也推斷不出它何時結束。就像他們現在的奇妙關係一樣。回憶不起來是怎麼開始的，且理應永不結束。

「是不是太久了？」嘴唇分開時，約翰問。克拉斯的身體畢竟還是人類，也許……還是要呼吸的吧，至少剛才他感覺到了。克拉斯低著頭搖頭。這時約翰才隱約察覺，也許克拉斯是會為這些而害羞的。以前，約翰還一直以為自己才是更笨拙的一方。

不遠處的燈光穿過貨箱縫隙，讓面前那對濃黑的眼睛有了一絲暖色。他抬起克拉斯的臉。「克拉斯，我……」

開口後，他又不太確定自己到底想說什麼了。這時，營地外傳來戰馬的長嘶，引起一陣騷動。

他們跑過去，聽到魔女血裔們都在大驚失色地說著什麼「誓仇者的氣息」。克拉斯知道，「誓仇者」是不死生物的一種，通常是生前具有堅定信仰、帶有極大怨恨而死的靈魂形成的。比如被迫害至死的魔女所轉變的喪歌詠者，比如死後仍不停奔波完成生前夙願的死靈騎士，再比如每天都遊蕩著尋找頭顱的無頭騎士……

「無頭騎士？」克拉斯靠近營區邊緣，望向夜幕中漆黑的樹林。

前方不足六十英尺處亮起一盞提燈。金色的雕飾燈罩內燃著青色冷焰，光亮漸強，照出持燈人的樣貌。那是個一身紅袍的纖細少女，她的皮膚蒼白，黑髮像煙霧般徐徐舞動，眼眶中燃燒著火苗。

眼中的火苗，這是誓仇者的典型特徵。她是個喪歌詠者——曾死於迫害的魔女。

還沒來得及吃驚，人們發現樹林中各個角落都開始亮起火光。

有的是提燈，有的是戰馬與夢魘燃燒的四蹄，有的是眼眶裡的光點，有的竟然是……戶外手電筒和手機螢幕。

無頭戰馬向前踏了幾步，熟悉的身影在向約翰和克拉斯招手。金普林爵士腰懸重劍，手提長槍，把雙肩背包掛在胸前，用它裝著頭顱。

他渾厚的聲音回蕩在夜晚的樹林之中：「很久不見，吾友。亡者騎士團今夜集結於此，吾等共四十四名勇士，願為諸神、信仰、先祖與榮譽而參戰。」

說完，他對馬前幾步遠的紅袍喪歌詠者揮了揮手機，她繼續替他說：「這位爵士只能說一句話……其實他還沒說夠一百四十個字母呢。總之，我們中有些人也獲知了消息，既然你們不對我們保密，那麼肯定也會歡迎我們參與的，對吧？」

「當然……」克拉斯望向隱匿於樹林中的騎士團，目光發直地點頭。不只他，看到這些，大多數人都驚訝得一動也不動，表情像是嘴裡銜著整顆雞蛋。

紅袍少女回頭看看，「除了這些幾乎不能說話的無頭騎士，和能說話也不愛說的死靈騎士，四十四人中還有不少是我們——你們稱我們為喪歌詠者。他們竟然把我們也算是『騎士團』的一員，我們才不是什麼騎士，好像直說我們是施法者會很丟臉似的，這是一種非常落後又粗鄙的歧視。現在都什麼年代了，女人都可以穿褲子騎馬還能上太空了，竟然他們還歧視魔女……」她喋喋不休地說下去，現在大家明白為什麼是她來負責交談了，大概她的愛好就是如此。

約翰走到克拉斯身旁，貼在他耳邊說：「你知道我在想什麼嗎？」

「我怎麼知道，我又不是史密斯。」

「我在想，也許沒什麼可擔心的。」

面前是千百年前鋒利的武器，身後是各個種族的援手。而身邊，則是他最信任的人、最信任他的人。

約翰知道，自己的想法也許輕率又幼稚，可他就是忍不住會這麼想：

「因為……黑夜與陽光好像都在我們的手裡。」

Unthreatening Creature
Protection Association

# Chapter 28

## 單程監牢

▼
▼
▼

沙盤空間正式生效的一瞬間，附近方圓數英里發生了輕微的地震，風速在短瞬間降為零級。

這是個小小的副作用。沙盤從「培養池」浮出的時候，撕裂了一定面積內的時間與空間，這樣才能形成輪廓隱祕、內部廣闊的世界。

這個沙盤的最大訴求就是安全與牢固，而不是模擬和趣味。所以，它的內部不會有鳥語花香，不會有英格力公司的沙盤那樣的奇妙景色，甚至連設計生物都沒有——沒有那些作為陪襯生活著的動物和怪物。它不是遊戲娛樂冒險用的小世界，而是一座銅牆鐵壁的墳墓。

在進入之前，景觀設計人員提前為人們做了預警：因為時間有限，參與施法的人把力量都集中在保證穩固上了，所以內部的模擬設計做得很差。裡面的世界沒有室內外之分，沒有動物的聲音或植物的味道，沒有晝夜。由於法術本身的性質，人們隨身攜帶的計時設備會出現不同程度的紊亂，將幾乎無法估算時間。這會對普通人類造成一定傷害。人在毫無時間節奏的世界裡無法長久生活。即使是施法者和超自然生物也不會太喜歡這種地方。

沙盤空間的入口位於黑月家莊園正門。黃昏中，人們只能看到碎裂的石柱和鐵藝大門，以及幾乎被整個翻開的花園；一旦越過咒文，就會進入已籌備好的沙盤。

「願先祖祝福你，」一位血族女士正握著她同伴的手，「還有，情況不對時別逞強，一定要先撤離回來。」

她說得沒錯，這些要與魔鬼作戰的人並不是一去不回。如果有誰傷得太重，或者撐不下去了，可以盡快撤退至出入口，回到真實的世界。

而魔鬼永遠無法離開。沙盤的出入口以及根基上，魔鬼真名就是咒文的字根之一。它被禁錮在沙盤裡，被禁錮得比那種「設計生物」還牢。就算它能找到出入口位置，也根本沒辦法通過。

同樣，一旦克拉斯走進去，他也無法離開。除非等到魔鬼祭品被消滅後，將沙盤法術解消。

亡者的騎士團正列隊走進入口。有名死靈騎士甚至還吹著四處漏風的號角。

除了亡靈類之外，其他生物都背著猶如野外求生的背包，裡面是他們所需要的物品。協會將長期駐守在出入口外，隨時為折返回來的人提供補給。在他們後方稍遠的地方，約翰和克拉斯並肩站在一起。

「你們看起來像要去教堂似的。」身後傳來一個聲音，是卡蘿琳。

「我們去教堂幹什麼？」約翰問。

「結婚啊。」

克拉斯故意擺出認真思考的表情，「大概沒有教堂願意為魔鬼和血族辦婚禮，而且這兩個傢伙的性別還都是男……嗯，私下辦個聚會也許還可以。」

麗薩提著公事包，又重新換上了一如既往的職業套裝，匆匆走過卡蘿琳身後。

「別磨蹭了，我們得趕時間。」

約翰這才留意到，卡蘿琳背著長刀，斜背包和夾克之下似乎都藏著槍。

「妳們這是要去哪？」他記得，卡蘿琳和麗薩不會進入沙盤，因為她們都只是普通人類，即使作為施法者也都太年輕了。

「工作，」卡蘿琳說，「記得磷粉酒吧嗎？有個客人死在廁所裡，身上有針孔，看起來很像吸毒過量。其實他是被人毒死的，嫌疑生物逃走了，我們得去處理這件事。」

「嫌疑生物……是個刺獵？」克拉斯問。

「嗯，好像是，具體得到現場看看。」卡蘿琳對他們揮揮手，追上已經走向車子的麗薩。

即使魔鬼復活了，也還是需要有人去處理其他糾紛與懸案，西灣市辦公區並不會停擺，他們要如常工作。

走向沙盤入口時，約翰和克拉斯聊著關於「刺獵」的事。那是一種形似人類的生物，他們的毛髮永遠不會長於兩英寸，平時柔順，需要時能夠將任意一根或多根變成尖銳的針。刺獵需要定期通過這些針釋放身體內的毒素，且必須釋放到溫血動物的血管裡。毒素並不致命，最多會導致人發熱一晚，但也有些人對他們過敏，這麼一來，就會導致死亡案例……

聊到對刺獵過敏的生物種類時，克拉斯回過頭，已經看不見原本的營地和林木了。他們已走進沙盤空間之內。

這裡光線充足，但找不到任何照明用具，高窗外的光線是沙盤的一部分，並不是真實的陽光。

上方是不見邊際的高穹頂，面前是向深處無限延伸的成排書架。地板、牆壁、高窗、書桌與書架……這裡的細節是大圖書室的重複複製品，在面積相當於小型城市的範圍內，進行不規則排列。

每隔幾間「大圖書室」的角落都設有盥洗室，位置和真實圖書室中的一樣，方便溫血的生物們清潔自己，也正好讓注重形象的領轄血族們找到能整理儀表的大鏡子。

這就是沙盤空間的最奇妙之處——生物可以真的在這個世界中生存。當年英格力公司的沙盤內甚至設計了自行生長的林木和流動的小溪。

在沙盤內部的第二天——他們是根據直覺估算的，約翰察覺到，腳下的地面似乎一直帶有微小坡度。他們在向下走，這個世界就像是螺旋向下的倒置高塔。

「我想起了阿特伍德家的祭品屍骨，」約翰無意間問道，「魔鬼屍骨是什麼樣子？」

克拉斯並沒見過這裡的魔鬼，但他的靈魂中保有此類記憶，「屍骨大小和人類、人間種惡魔差不多。明顯的區別是，魔鬼的骨頭是黑色的，表面如鏡子一樣光滑，就好像我的力量中的那些碎片一樣。」

「你的力量實際上是些骨頭？」

「不是！只是形容它的質感而已……約翰，你的理解力怎麼了？我真不放心讓你獨當一面。」

「過去的三年中我做得不錯，真的，」約翰靠近他眨眨眼，「至於將來，反正你回來了，協會的人們也接受你了，我可以繼續依賴你。」

他本以為克拉斯會說點什麼來取笑他，或者故作嚴肅，然而都沒有。克拉斯只是望著遠處昏暗的迴廊，輕輕點頭，看起來有點心不在焉。

落在石磚地上的蹄聲清脆而規律，金普林爵士來到他們身邊，朝克拉斯遞過來一支手機。進入沙盤後沒有晝夜之分，所以無頭騎士們都不能說話了。金普林爵士是少數帶著手機的不死生物。在這裡手機沒有訊號，他只用它打字。有些喪歌詠者還私下議論他，嘲笑他的電池早晚會耗光，而且這裡沒地方充電。

「很高興再次和你們合作。」螢幕上寫著。

「伯頓怎麼樣了？」克拉斯看看爵士腰間的長劍，「他在這裡嗎？」爵士的雙手離開韁繩，輸入文字：「不，我帶的是另一把武器。我把伯頓留在莊園了，有支系犬陪他。」

「嗯，他現在應該仍然很脆弱。」

金普林簡單和他們聊了一會，斜前方爆發一陣騷動。有人遇到了被魔鬼控制著的屍體。現在這些東西也被包裹在了沙盤裡。

這是進來後的第二次。接下來，他們還會遇到更多。再之後，他們將遇到的也許不再是屍體，而是魔鬼靈魂本身。

廣闊的書架猶如人造的黑暗叢林，威脅仍蟄伏在叢林深處。

等卡蘿琳和麗薩解決掉磷粉酒吧的事情，已經是三天之後。她們回到營地時才得知，史密斯不見了。沙盤正式啟動的那天，史密斯不在現場。協會原本以為他去忙別的案子了，結果三天過去，他一直沒出現。

史密斯的行李都還留在營地住處，看起來不像出遠門；他的手機關機了，西灣市內的另一個變形怪也說最近都沒見到他。起初人們懷疑他也進到了沙盤裡，但這說不通，史密斯很有自知之明，他知道名單上沒有自己。而且，兩週後他還要坐飛機去義大利，那邊有一場重要的驅魔師考核，需要他參與監考。他不會在這時擅自行動的。

又過了兩天，推算起來，沙盤內的魔鬼即將掙脫束縛了。

也就在這時候，協會終於找到了史密斯，是兀鷲和海鳩飄到營地來，告訴他們史密斯的下落的：這幾天，史密斯一直躺在克拉斯家房子的臥室裡，睡得昏天黑地。

五天前，也就是沙盤啟動的前夕，是兀鷲把昏睡的史密斯拖上車帶回家的，因為克拉斯命令他這麼做。兀鷲和海鳩與克拉斯訂過契約，嚴格來說，克拉斯可以任意驅使他們，只不過克拉斯通常將他們當作雇員，而不是奴隸。

而一旦被命令，兀鷲只能大惑不解地去完成任務。現在，克拉斯離得太遠，控制力量減退，兀鷲才能和海鳩回來報信。

簡單來說，克拉斯在史密斯的飲食中下了點藥。是麗薩常帶著的那種魔法藥劑，芝麻粒大小的棕色珠子。只要是和人類體重差不多的生物，吃一顆就能睡上兩天，而且怎麼吵都吵不醒。天知道克拉斯給變形怪吃了幾顆。

趕去克拉斯家後，卡蘿琳難以置信地看著躺在二樓客房裡，呼吸均勻、露出幸福睡臉的史密斯。

「我得說，當初克拉斯被人以為是犯罪者，還真不是毫無理由的。他確實有點犯罪的天賦……」卡蘿琳拍了幾下史密斯的臉，「這簡直像罪案劇啊！什麼人會給前妻下藥，造成失蹤，然後把她偷偷藏在家裡？」

「這得問受害者本人了。」麗薩拿出小醫藥包，拆開一份針劑，掀開變形怪身上的被子。

肌肉注射生效很快。史密斯醒過來，神色迷離地看著滿房間的人。「為什麼……

我的屁股很疼？」

「麗薩幹的，」卡蘿琳伸手把他拽起來，「你先告訴我們，之前到底發生了什麼事？克拉斯他……」

她還沒說完，史密斯便拍著被子大叫：「噢！克拉斯！聽著，你們快去找到他，先別啟動沙盤！」

「已經晚了，沙盤早就啟動了。你很可能睡了將近五天！」

看出她說的是真的，史密斯洩氣地垮下肩膀，「克拉斯已經進到沙盤裡了，對吧？」

「對，怎麼了？那個沙盤有問題？」

「不，沙盤沒問題，它好得很，完美得不能更完美。問題是，克拉斯他……他沒辦法再出來了。」

史密斯認為自己說得還不夠清楚，於是，他從幾天前察覺這一點的時候說起。

史密斯沒怎麼參與沙盤施法，只瞭解大概的原理和流程。人們原本的計畫是把即將甦醒的魔鬼困在沙盤裡，避免戰鬥殃及外界，克拉斯進去後也將無法離開，但畢竟沙盤是可以解消的，所以他可以等安全後再回來。

後來，在無意間，史密斯讀到了克拉斯的思想。就在他帶著克拉斯飛上高空，俯瞰沙盤基準線和符文時。

這時他明白，克拉斯無法離開沙盤空間，即使在魔鬼的靈魂被消滅之後也一樣。因為，結束沙盤空間的運作只有兩種方式：要嘛讓施法者本人解消它，要嘛就等內部的設計生物全都死去。之前英格力公司的沙盤就是這樣。對現在這個廣闊的沙盤而言，唯一的設計生物就是魔鬼祭品。它的真名被混雜在咒文的字根裡，它是沙盤的一部分。

這個名字代表的不僅是地下的祭品，還有克拉斯。

可是，沙盤的主施法者也是克拉斯。只有他能解消法術，只有他無法離開沙盤，只要他活著，沙盤就不會開始塌縮。這簡直是個悖論。

「不，不應該是這樣……」麗薩握緊雙手，「既然他能夠解消法術，他可以不用出來，直接在沙盤內部做……」

史密斯對她搖搖頭，又望向房間裡的其他人，「協會的普通驅魔師，你們對沙盤法術有多少瞭解？」

靠在牆邊的中年人搖頭，「並不多。實際上我才剛開始瞭解它。」

「麗莰貝絲，」變形怪又問麗薩，「妳或者妳哥哥，你們熟知法術的一切細節嗎？」

「不，」麗薩說，「沙盤空間所需的投入和回報價值不成正比。除了英格力公司的人，以及一些巫師，現在已經很少有人研究它了。這次參與施法的大多數是協會總部的驅魔師，還有些其他組織的人……我對施法的細節並不算多熟悉。」

史密斯嘆口氣，「果然是這樣。那天，克拉斯腦子裡的這個念頭一閃而過，但我確信這是真的——『沙盤空間無法從內部解消』。」

麗薩和兩個協會的驅魔師愣了幾秒，開始大叫「這不可能」。比起他們的訝異，卡蘿琳的茫然，傑爾教官卻顯得相當冷靜……以及悲傷。史密斯的呼吸變得急促，他從床鋪上站起來，緩緩走到傑爾面前。

「你知道？」變形怪伸手抓住傑爾的前襟，難以置信地盯著他，幾乎忘記了自己現在是女性人類的形象，還衣衫不整、蓬頭垢面。

受訓過的獵人都知道怎麼抵抗讀心，但傑爾教官沒這麼做。已經沒必要隱瞞了。

「是的，」他說，「記得那次在飛機上的會議嗎？參與者都知道。西灣市辦公區只有我和克拉斯參與了。」

「為什麼！」沒等史密斯問，麗薩和卡蘿琳異口同聲地大喊起來。

傑爾教官所複述的，是那次隱祕會議中各個勢力最後達成一致的觀點。

「克拉斯能帶來更大的勝算，能讓沙盤加速完成……同時，他的力量也是最不穩定的因素，是存在於這世界上的、僅次於魔鬼祭品的，最大的威脅。」

傑爾知道這很殘忍，即使只是做出簡單複述，也讓他雙手發抖。在作為獵人的生涯裡，他從沒有像這樣顫抖過。

「沙盤是狩獵者的戰場，魔鬼祭品的墳墓……也會是德維爾．克拉斯永遠的囚牢。」

三個月後，第一批撤離人員回來了。

共有十三個人類施法者、兩個血族、六個狼人。據其中意識最清醒、精神狀態最穩定的血族術者說，魔鬼並不是在一瞬間立刻復甦的，它把靈魂分解，一點點地挪移出來。在大約「半年前」，人們才第一次遭遇完整掙脫的魔鬼祭品。

其實並沒過去半年前這麼久。從沙盤啟動算起，也才過了三個月多一點。但在沒有晝夜變化、無法精準計時的空間內，生物對時間的感知容易混亂。就好像將人關在黑暗無聲的小屋裡一樣，明明只過了兩三天，當事人卻會誤以為已經過了很久。

撤回來的人得接受一系列的身體檢查，查明傷勢嚴重程度、是否受到幽暗生物影響、身上有沒有隱匿的法術在運作等等。幾輛車在黃昏出發，夜幕降臨後正好能趕到那棟小別墅——路希恩・黑月曾經的私人研究所。

迎接傷者的不是護士，而是獵人保爾和血族丹尼。不少人在屋子裡忙碌著，一半是昔日與黑月家有私交的驅魔師，另一半是門科瓦爾家的術者。

當然，還有亞瑟・門科瓦爾，雖然他基本上不懂醫學與古魔法，只能幫忙抬抬人……畢竟他一人能扛起好幾個呢。

路希恩看起來和過去沒什麼差別。他又變回了那副穩重嚴謹、言談斯文的模樣，只是面色有點過於憔悴。這倒不是因為勞累，而是因為剛轉化不久的新血族都會度過這麼個病怏怏的階段，他們得克服進食的心理障礙，還得學會控制過於敏銳的五感，身心的負擔都比較大。

路希恩穿著白袍，戴著他根本不需要的、沒有鏡片的眼鏡，坐在一個血族傷患的床前。

「天哪，你適應得真好，」傷患的外形是少年，其實有三百歲以上了，他看著路希恩時，眼神充滿慈愛，「你才被轉化三個月，狀態看起來卻這麼穩定……真不愧是亞瑟的子嗣。亞瑟對你很好吧？」

路希恩尷尬地清清嗓子，扶正眼鏡，「先生，現在不是聊我個人經歷的時候。聽說您完整目睹了魔鬼首次現身的時刻，對嗎？」

「哦，是的……」傷者捧著一杯加了魔法藥劑的血液，就像人類捧著熱咖啡一樣，緊縮著肩膀。

「我不記得那是第幾天了。我們遭遇了一次襲擊，當時沒有發現攻擊者的蹤影。有幾個同行的人失蹤了。我們邊前進邊尋找，再也沒找到他們。後來，我們遇到了分開行動的另一隊『遠征軍』。

「那群誓仇者騎士把大家叫做『遠征軍』，他們就喜歡這麼叫……我們遇到的是遠征軍第三隊的人，其中本該有那對從阿拉伯半島來的魔女姐妹，塔芙和蕾拉。他們之前也遇到了襲擊，同樣失去了幾個人，其中包括塔芙。兩姐妹只剩下蕾拉一個人了。

「德維爾．克拉斯叫我們不要靠近……他突然使用了那種力量，就是那些黑色的、很薄的像刀刃般的東西。雖然我自己也是黑暗生物，但在看到它們時，還是有點心驚膽顫的。克拉斯說那女孩不是蕾拉，因為『塔芙的睫毛膏是帶閃粉的，蕾拉的是純黑色』，她們總是反覆強調這一點；而現在，塔芙戰死了，站在我們之中的人自稱蕾拉，眼睛上卻仍然帶著閃粉。

「自稱蕾拉的『東西』說話了，是個男人的聲音。當時我們都不明白發生了什麼，突然，『蕾拉』身上的黑袍被一股力量撕碎，裡面竟然是空的……只有一顆頭顱滾落在地上，那應該是塔芙的頭和身體。她的身體早就被削割得一乾二淨了！

「這時，術者們的法陣掃描到了些東西……是那些失蹤的人，包括真正的、已經死去的蕾拉。他們個個都被剝光了皮肉，骨架上覆蓋著黑色的煙霧，形成人體形狀，從各個方向朝我們逼近。接著，我們又聽到了陌生男人的聲音，他說『謝謝你們親自把食物送到我面前』。

「我知道，復甦的祭品會不斷吞噬生命。邪靈吃得越多，力量就越大，這一點魔鬼也一樣。起初他並不怕我們，他以為自己身在黑月家的地下室……很快，他察覺到了不對勁，發現這裡是個沙盤。

「從那一刻起，與魔鬼間真正的戰鬥開始了。不，那不能叫戰鬥，應該叫戰爭。假如一切發生在真實世界，而不是在沙盤內，現在西灣市會變成什麼樣子？簡直無法想像……也是從那天起，我們就沒再見過德維爾．克拉斯。我聽驅魔師說，克拉斯並不能很好地控制力量，他擔心傷及我們。」

聽到這裡，路希恩點點頭。研究所裡還存放著不少有關克拉斯的資料和記錄，與曾經身在匈牙利時不同，現在的克拉斯使用的是人類軀體，並不是為使用魔鬼力量而打造，所以，也許他永遠都無法做到精準控制自己。

血族傷患喝完了杯子裡的液體，舒服地長吁一口氣：「我不擔心德維爾・克拉斯，我有點擔心那個叫約翰・洛克蘭迪的孩子。他似乎和克拉斯很親密，總是盡可能待在離克拉斯最近的地方。直到撤離時，我都沒有再見過約翰，我想，也許他還和克拉斯在一起。」

之後又過去了幾個月。

這期間偶爾會有人從沙盤出來，彙報情況，接受治療，講述經歷過的一切。

協會西灣市辦公區又有了新址。他們的辦公場所越來越偏僻：起初是辦公大樓的二十九樓——辦公大樓被魔鬼力量削碎了；後來是遠離市中心的獨棟房屋——獨棟房屋被爆炸和大火碾爛了；現在他們從臨時軍用帳篷搬到了市郊的一處舊倉庫，大家每天都忙著改造牆體，完善法術防護。

年末時，從蜥人變成人類的瑪麗安娜離開麗薩家，登上飛往邁阿密的飛機。她提交了協會入職申請，即將開始接受培訓。西灣市辦公區的情況特殊，無法給予新學員很好的指導，而且協會總部知道瑪麗安娜是換過身體的生物，更希望她去職能更完善的大轄區受訓。於是，她的培訓地點定在了美國邁阿密。

瑪麗安娜早已經習慣了使用人類身體。現在，她的言行和神態都和普通人類的年輕女孩無異。到了美國之後，她驚訝地聽說，這邊的獵人們也都非常悠閒，最近一直沒什麼和危險生物打交道的機會。近幾個月來很奇怪，不只西灣市，各地的獵人和驅魔師們悠閒得異常。

接待她的教官說，這是因為「足夠危險」的生物都離開了。

暗中操控黑市交易勢力的血族長老們、偶爾爆發衝突的幾個狼人部族、無法控制暴力欲望的惡靈與怪物們……他們之中，有些早已經隨遠征軍進入了沙盤，還有些整天都窩在老巢，關注著協會官方網站上的即時消息。

「正常人都該喜歡這種悠閒的日子，但是……我竟然有點希望那群怪物活著回來。」

那位教官這麼說完，自嘲地撇撇嘴，正用手機重整著協會的網站。

西灣市郊區的營地只有四五個人值守，其他人基本上已經回歸了平時各自的生活。

到了耶誕假期和新年假期時，營地的沙盤出入口外只剩下一座帳篷了。下著雪的午夜，洛山達憂傷地抱著保溫瓶蜷縮在毯子裡，把折疊椅盡可能貼近電暖爐。

卡爾半個身子探出帳篷外，目光呆滯地看著薄薄的積雪。吸血鬼不會怕冷，人間種惡魔卻會。「嘿，把簾子放下，」洛山達不滿地說，「你不怕冷，我可是冷死了。卡爾，你還沒想通嗎？她不會接受你的。」

卡爾之所以神色恍惚，是因為在耶誕節時，他竟然鼓起勇氣對卡蘿琳說了句「我愛妳」……然後，他被辦公區全體工作人員輪番嘲笑至今。

卡爾回到帳篷裡，垂著肩膀，「我已經想通了，我不打算追求她了。因為我突然明白過來，我們並不適合彼此。」

「那你怎麼還整天悲悲戚戚的？」

「不是因為卡蘿琳，是因為……我想到了約翰和克拉斯。」

洛山達又往暖爐邊挪挪，讓卡爾坐過來（卡爾在冬天仍穿著襯衫和西裝褲，光是看著就叫人渾身發冷）。

年輕的血族繼續說：「在想清楚決定放棄卡蘿琳之後，我還是經常想起她。我明白，我們兩個不會在一起，就算不願意也沒辦法。」

「嗯，你說得對。不過，這和約翰他們有什麼關係？」

「克拉斯沒辦法離開沙盤，」卡爾嘆口氣，現在協會的人基本上都知道這一點了，「約翰肯定不願接受這個現實，可他只能接受，不願意也沒辦法……你看，我只是放棄一段憧憬，就已經難受得整個白天都失眠了，那約翰呢？將來就算他們獲勝了，剿滅了魔鬼，接下來……約翰不是得放棄克拉斯，就是得放棄自己原來的生活。對他們兩人而言，不管最終放棄什麼，那都將是多大的痛苦？」

洛山達低著頭，喝一口保溫瓶裡的即溶咖啡，半天後才緩緩地說：「我突然發現，你還挺有領轄血族的氣質的。」

「我沒聽懂你的意思……」

「我的意思是，你的情商比我想像中的高一些。」

卡爾一時無法確定這是恭維還是諷刺，正張著嘴思考怎麼接話時，帳篷外的不遠處傳來一陣金屬摩擦聲，以及一聲嘶吼。

年輕的吸血鬼和惡魔對視，用常人看不到的速度衝了出去。

莊園大門外站著一頭漆黑色的夢魘。牽馬的是名穿紅銅色全身鎧甲的騎士，他舉著劍不停嚎叫，興奮得簡直不像死靈騎士，更像個狼人。

馬背上坐著白髮的喪歌詠者，她還扶著個人類，人類傷得很重，搖晃了幾下，從詠者懷裡摔了下來。卡爾手疾眼快地接住他，站在夢魘前一動也不動。

「你是協會成員？」喪歌詠者嘶啞的聲音問。

卡爾機械地點頭。他抱著一個昏迷的法師，身邊是不停嚎叫的死靈騎士，眼前是騎著夢魘的喪歌詠者……卡爾有點害怕這些帶著火苗的空眼眶，乾站在原地不敢動。

洛山達走上前，從他懷裡接過人類，「他們是從沙盤裡出來的！你愣著幹什麼？」

他們剛把夢魘牽到路邊，莊園大門口又憑空出現了幾個人類。接著，是抱著傷患的巨狼，還有已經走出沙盤仍在維持偵測法陣的血族術者。

隔了十幾分鐘，又出來了一隊黑色夢魘，有幾匹已經失去了主人。他們後面跟著一位衣著破爛的血族，一走出來就撲向同族卡爾。他緊緊抱著卡爾的脖子，泣不成聲。

「怎麼了？誰死了？」卡爾惶恐地問。他認出這位是領轄血族議會的高階施法者，年齡已經有千歲以上了，他無法想像，這樣的長者竟然在抱著他哭。

「很多人都死了，親愛的，」長者捧著卡爾的臉，親了一下他的額頭，「我們進去了多久？兩年？三年？但……現在好了，我們可以回來了！」

「您當然可以回來……」

「不不，我的意思是，」血族回過頭，看著繼續從沙盤出口走出來的人們，「我們已經做完了該做的事！」

洛山達把昏迷的人類運進帳篷後，一出來就聽到了這段對話：

「親愛的，我們贏了！魔鬼祭品的靈魂……已經徹底消亡了！」

Unthreatening Creature Protection Association

# Chapter 29

## 沉覆

▼
▼
▼

沙盤內部。

這裡曾經是無窮無盡的圖書室。書架猶如叢林，書本都是空具形態的複製品，高窗投下永久不變的光線，窗外是無法碰觸到的虛空。

現在，無止境的圖書室更像是無止境的隧洞。深邃的道路以緩坡螺旋上升，指引著人們回到現實世界。根據指示物找到出口後，有不少施法者會回過頭，看看那些桌椅、書架、房間結構，它們幾乎全都已經看不出原本的形態，只有高處的光束依舊散落在道路上。

「你看到魔鬼碎片了嗎？」人類法師低聲問身邊的同伴。

血族術者吸著最後的幾包血袋，幸好他們在一年內真的取得了勝利，否則儲備的補給品就不夠用了。他先是糾正了法師的用語：「你應該叫他的名字。他叫德維爾・克拉斯。」

「好吧，克拉斯。你看到克拉斯了嗎？大約七個隧洞的路程之前，我好像看到他了。」人類說。

由於計時工具都失靈了，他們只能用路程長短當作時間尺規。「我不認為他還能繼續當人類……不，我不是在譴責他，實際上我們都應該去擁抱他。只是……他沒辦法再成為人類了，真的，他就像已經嚴重故障的機器……」

血族扔掉空袋，長舒一口氣，「好了，我們先離開吧。別忘了，我們應該先出去，再彙報這些事。外面有人在等我們呢。」

大隧洞之間，還存在著之字形的小走廊。那些供人休息的小房間有不少都坍塌了，掩體中站著再也無法動彈的屍體，腳下的平滑地板也變得坑窪崎嶇。

約翰走在光線昏暗的小路上，緊緊握著克拉斯的手。

克拉斯就走在他身後。無論約翰說什麼，克拉斯都沒有回答。約翰也並不等待他回答，只是偶爾自顧自地說上幾句。

他從書架上抽出一本裝飾精美的精裝書，它根本無法被翻開，僅僅是具有書本外形的物品而已。

「如果當初時間再寬限兩天，也許你們能做出真正的書？比如照著黑月家的書來複製……哪怕是高深莫測的魔法書也行，我可以只看插圖。總會有些書是我看得懂的。這樣就可以打發無聊了……畢竟，我們要留在這裡很久很久，對吧。」

他摟住克拉斯的肩，扶著他走過布滿障礙物的一塊地板。

克拉斯的眼珠中依舊沒有睫狀體和瞳孔，甚至，它看起來比一年前更怪異了。

現在這雙眼睛沒有光澤，即使是再暗淡的眼睛，也會有一層薄薄的光澤，而他的眼睛就像無機質的雕刻品，空有黑白兩色。

他不說話，也不轉動目光，臉上沒有一點表情。幸而他還能走路，還能跟在約翰身邊。之前也有別人見過他現在的樣子。那些人沒來得及問什麼，約翰就帶著他又消失在了廢墟之中。

施法者們明白，克拉斯每次使用魔鬼的力量，都會造成靈魂與身體不能同調，最輕微的症狀是「真知者之眼」的能力消失，至於最嚴重時會怎麼樣，沒人預計得到。

現在的情況就是由於這種不同調——克拉斯把靈魂奉獻給了與魔鬼祭品的戰鬥，他曾經徹底失控過。

那時他放棄了控制自己，他忘記了能維持人性的一切東西。現在，他再次恢復平靜，可是靈魂和身體間的連繫卻已經受到損傷，出現了極大的不同調，或者說——再也無法同調了。

他無法再自由地控制軀體，就像得不到正確指令的機器一般。

「別擔心，克拉斯，」約翰能從這張毫無表情的臉上讀懂克拉斯的情緒，「不久前我就已經都知道了。」

克拉斯直直地看著他。約翰繼續說：「你沒辦法離開沙盤了，對嗎？我不懂具體的原理，但是我們一起在沙盤裡這麼久了，我猜到了。」

克拉斯害怕接下來將聽到的話。沒等約翰說出來，他就明白自己會聽到什麼。

「如果你出不去了，我就也留下。」

約翰在故作輕鬆地拍著他的肩，暢想「留在沙盤裡」的未來，比如「既然我能自由進出，我就可以把你家的東西搬過來」，還有「如果你想見誰，我可以讓他們進來找你」……

可是，這不可能。

克拉斯僵硬地移動著腳步，在心裡默默說。

我對身體的控制力每況愈下，漸漸地，我會徹底失去行動能力，但靈魂永生。我會被困在不能再動彈的軀體裡，繼續在沙盤中生存……就像當年被困在泥土下的寶石中一樣。

和死去也沒什麼區別。

克拉斯想笑，可是他卻無法控制面部肌肉，無法讓嘴角翹起來。他想說：約翰，你誤解了將來會發生的事，它們可一點都不浪漫。

幾排書架後方傳來馬匹行進的聲音，克拉斯突然停下腳步。

約翰回過頭來，覺得克拉斯的嘴唇好像動了幾下，唇語的形狀就像是在說：**是時候了**。

他不確定克拉斯說的是不是這個。於是他靠過去，捏了捏克拉斯的肩，「你想勸我離開嗎？我也許會離開，但只離開一下下，然後會再回來。別想說什麼『這裡不屬於你』，幾個月前……大概是幾個月前吧，你就對我說過類似的話。」

他捧住克拉斯的臉，「我完全明白你在想什麼。克拉斯，你一直都是這樣，記得幾年前我對你締約的時候嗎？當時，你想放棄，你寧願被當作試驗品、寧願被當作威脅殺死，也不想為了我而去抗爭。你習慣於讓其他人主宰你的命運。在匈牙利的森林裡時你就是這樣，直到身為協會的調解員，直到現在，你還是這樣！」

他停下來，深深喘了幾口氣。血族不用呼吸，可此時他卻有種心臟在過速跳動的錯覺。

「克拉斯，你也知道，我一直很排斥碰朋友的血，更何況是你的。但是，我從沒因為締約而後悔。你知道為什麼嗎？因為我發現了，你喜歡放棄，你總想著屈服。

如果不依靠締約的力量，我沒有其他辦法讓你往好的地方看……所以，即使你不同意，我也要命令你接受我留在這裡！」

他剛說完，一陣寒意突然襲來。約翰不自覺地後退了一步，他發現，克拉斯的眼睛裡有什麼閃爍了一下。黑眼珠恢復了一點光澤，僵硬如雕刻品的眼角也動了動。

血族本不會覺得冷。就在不到半秒之間，猶如針刺的寒意從約翰的雙腳開始攀援而上，就像身體瞬間墜入冰湖一般。

克拉斯的聲音響起，但嘴唇卻並沒有動。

「**我盡可能節省下來最後的一點點控制力，就是為了現在，**」克拉斯在「說」著，「**但我維持不了太久，我必須盡快。**」

「你在說什麼？」約翰對這感覺很熟悉，不久前他也體會過類似的——那是面對魔鬼時的、發自靈魂的恐懼。任何生物都無法抵抗。

熟悉的黑色碎片又開始憑空出現。它們很稀少，而且旋轉的速度很慢，正緩緩在克拉斯身邊聚集。

「**約翰，你命令過我，叫我不能離開你……**」

克拉斯向前踏一步。約翰本能地想後退，但忍耐住了。

飛舞的黑曜石碎片帶起細小的旋風，把克拉斯本來就有點凌亂的黑捲髮吹得更亂。他肩上披著的風衣也被掀落在地上、割出許多切口。碎片沒有擴散，而是不斷裹挾著他腳下的石頭、木屑、金屬。它們被聚集揉合在一起，最終形成一柄懸浮在克拉斯身邊的、黑色的長槍。

也許因為不是用喉嚨來說話，克拉斯的語調平平的，毫無情感變化，就像人工閱讀機器一樣。

「**你說我不能離開你，卻並沒有說不能傷害你。**」

伴隨這句話的最後一個音節，長槍穿破空氣，釘入約翰的心臟。

約翰向後倒下，依舊帶著驚訝的表情。血族心臟被釘穿並不致命，只會讓他們完全無法動彈，也不能出聲。

他躺在地上，看不到克拉斯的身影，只覺得胸口像在燃燒。他聽到夢魘的蹄聲靠近，一雙鐵手套將他的雙臂提起來。他被拽上馬背，身後是堅硬冰冷的鎧甲。

雖然無法回頭去看，但約翰已經認出了這是誰——依靠夢魘的脖子認出來的。這匹「馬」和其主人一樣，沒有頭，截斷的脖子上掛著個雙肩背包，包裡是其主人的頭顱。金普林爵士和他的坐騎滑稽得讓人不能直視，約翰卻笑不出來……就算沒有被釘住心臟，他也同樣笑不出來。

「**謝謝你願意幫我，爵士，再見。約翰，再見。**」

克拉斯看著金普林爵士，騎士對他頷首致意。

約翰這才明白，他們是早就說好的。這些黑暗生物永遠比較聽克拉斯的話，他們樂意服從克拉斯。

夢魘馱著金普林和約翰，穿過人們曾途經、曾戰鬥過的一塊塊區域，向出口走去。

由於締約的力量還在，「你不能離開我」的命令還在，克拉斯仍步伐緩慢地跟在他們後面。他越來越難以控制身體的動作，走路還不如幾歲的孩子平穩。

金普林爵士不會停下。這是他之前反覆對金普林交代過的。克拉斯滿意地想：所以我願意和騎士打交道，這些生物一旦同意了你的要求，就無論如何都不會再反悔。

漸漸地，他跟不上夢魘的速度了。他看向遠方，看向約翰。

他看到的不僅是一個年輕的血族，更是至今人生中最令他意外的人。

「至今的人生」並不包括被深埋於黑暗地下的日子，也不包括匈牙利的森林深處。能被稱為「人生」的，只有被米拉撫養長大、及其後的歲月。更之前的那些，與其理解為「魔鬼的生涯」，不如乾脆稱之為惡夢。

現在，惡夢重新回到了身上，「人生」卻已經結束了。

他知道，人生本該有機會繼續下去的。比如，他應該繼續和約翰做搭檔，或許一起遇到危險，或許收穫些奇妙的經歷，他們會遇見前所未見的生物，會再次因為膠質人的壞脾氣而頭痛。也有時他會和約翰分開行動，他留在辦公室處理些文件，而約翰則帶著卡爾出去，登記城市裡新來的野生血族……

很多年就這麼慢慢過去。在這些年之中，史密斯會再找幾個人結婚，瑪麗安娜會提交實習申請，卡爾對卡蘿琳的盲目熱情不知道什麼時候才能消褪……

假如自己一直都還是人類，假如力量與記憶從未覺醒，到最後，「身為人類的克拉斯」會變成古怪的老人，寫了一本又一本胡說八道的驚悚小說。直到他死去，仍會有人以為他殺過三任配偶；而協會的同僚們，以及他幫助過的生物們，都會稱他為最親密的老朋友。

這該是多麼完美的人生。不論是作為普通人，還是作為施法者。

而從死後開始，接下來將發生的事就不完美了：等生命走到盡頭，身體徹底凋朽，他會發現自己竟然沒有死亡。

他的軀體將衰老得不能再使用，靈魂就像曾經被困在石頭裡一樣，繼續被困在這個身體裡。到那時，被下葬後的他會發現自己不是人類，但他叫不出聲、動彈不得，他會再次被埋葬，面對將來無盡的恐怖與孤獨。

這麼一想，現在的情況也不算壞。只是把事情提前了一點而已。

由於步速緩慢，等克拉斯終於也來到出口附近時，金普林爵士已經不見了。大概所有還活著的生物都離開了，殘破空曠的「大圖書室」裡，就只有克拉斯獨自一人。

他不能通過出入口，也不能解消法術，但他可以用僅剩的力量再做最後一件事——從內部關閉出口，防止約翰回來。

克拉斯的嘴唇輕輕動著，沒有聲音。

對不起，我不能離開你，我知道我不能離開你，可這是我僅剩的尊嚴……我不想讓你留在這裡，看著我變成徒具形體的軀殼。

他眼睛裡的光澤再度消失了，身周的力量也消失了。這也許是他最後一次完整地控制力量與行為。之後，靈魂將漸漸無法再驅動身體，他也許仍然能驅動殺戮的力量，卻無法做出哪怕最簡單的動作，無法言語，無法感受。他會留在此地，像一具活著的屍體。

他發不出聲音。就算能——

**「你說過，你寧可違背我的意志，也要讓我獲得自由。那麼，現在我也對你做了同樣的事。」**

——約翰也已經聽不到了。

**「約翰．洛克蘭迪，很高興能認識你。」**

鐵手套敲鍵盤的聲音有點像老式打字機。

金普林爵士的身後站著一群人，幾乎把不大的房間擠滿了。現在他還是無法說話，但可以打字。

他們在協會西灣市辦公區的新址，金普林正在把他經歷的事情在電腦上打出來。

約翰躺在沒有窗戶的暗室裡，他的父母陪著他。釘住心臟的東西已經被拔掉，但他從出來後就一直沉睡著，偶爾醒過來幾秒鐘，什麼都說不清，就又陷入了休眠。有經驗的血族對他進行過檢查，推斷說大概是由於釘住他的東西摻雜了魔鬼的力量，衝擊有點過大，所以他需要更久的時間來恢復意識。

整個一月到二月，驅魔師們嘗試了幾次重新進入沙盤，都失敗了。克拉斯是沙盤的主施法者，又比人們的靈魂力量強大太多，他把出入口封閉了，不想讓別人再進來。

站在黑月家莊園的門口，卡蘿琳和麗薩頭靠著頭，看著寂靜的廢墟。剛才卡蘿琳才聲嘶力竭地哭過一次，這是人們第一次見到她這樣哭。她不停重複著：他們憑什麼這麼對待他，他又為什麼就這麼接受了？

「你們信不信，其實克拉斯的膽子很小。」史密斯站在她們身邊。他望著莊園的門，彷彿望著沙盤內部的景象。「我也是最近才察覺到這一點的。你看，不成熟的失敗婚姻，他接受了；被誤解有謀殺嫌疑，他接受了；拯救蜥人女孩後卻因為使用巫術而被處罰，他毫不辯解地接受；海鳩因為阿特伍德家的事而離開他，他又接受了……再想想之前吧，他被奧術祕盟囚禁著的時候，他竟然都沒想過反抗；直到佐爾丹和米拉需要他保護，他才為他們而戰鬥。我猜，他害怕和任何東西抗爭。」

比起轉身面對，他似乎總是寧可逃開，獨自躍入深淵。

「我們不會允許的。」有個聲音在他們背後說。

麗薩和卡蘿琳四下張望，沒找到半個人影，最後史密斯發現，旁邊的樹上蹲著一隻碩大的黃白貓。三人一貓對視了幾秒鐘，貓先開了口：「我是靈媒獸約瑟夫，克拉斯沒提過我嗎？」

「喔，凱特豪斯家的約瑟夫老爺！」史密斯說完，貓從樹上對著他撲下來，一爪踩在他臉上，再從他的肩膀和胸部沿路跳下來。

「克拉斯這孩子太任性了，」約瑟夫端正地蹲坐，「剛才我去見過和你們同一窩的人了，他們都同意我的觀點，不能縱容他這麼任性。」

「等等……什麼？」史密斯倒是聽懂了「同一窩的人」（大概意思是同僚什麼的），但不太明白不縱容任性又是指什麼。

貓從他們三人腳邊慢慢地扭走，「魔法永遠不是絕對的。他能從裡面把門關上，我們也可以從外面挖開新的洞口。是的，我們沒有魔鬼那麼強的力量……但我們人手多啊！全世界數百個施法者參加，我不信挖不開它。」

從二月到三月，黑月家的土地邊再次聚集起軍用帳篷。就像興建沙盤空間的時候一樣，當時的工作人員基本上都又回到了這裡。

關於魔法，約翰幫不上什麼忙。他重新回到過去的生活，每天在工作之餘，他回到沙盤入口處，想像面前是一道真實的門，而克拉斯就在門的那一邊。他以為自己這次什麼都做不了，運氣好的話，也最多只能像上次一樣，被動地等著奇跡發生，等著克拉斯回到他面前。

直到三月底的某天，他被從高處跳下的約瑟夫老爺砸中臉，約瑟夫要求他到亞瑟暫住的酒店去。

要找他的並不是亞瑟，而是路希恩。麗薩也在這裡，甚至羅素也在。

他很久沒見到羅素了，現在瘦弱的巫師典獄長看起來臉色不錯，也沒有再一直咳嗽。路希恩坐在套房的書桌前，桌子上鋪滿了古魔法書和圖紙。

「天啊，路希恩，你適應得真好，看起來一點都不像新生的血族。」約翰驚訝地看著這位研究者，他被轉化還不到一年，卻已經能夠把面色變得和人類差不多了。

路希恩非常討厭這句話，因為幾乎每個見到他的血族都要說一次。亞瑟倒是坐在一邊豎著報紙，滿臉的洋洋得意。

「約翰，我們需要你，」路希恩摘下鏡架，戴鏡架能讓他保持精神集中，但他覺得和人談話時也戴著就有點不倫不類，「根據希爾頓的計算，驅魔師們需要大約再三週就能在沙盤空間上重新挖個入口了，然後我們可以漸漸擴大它。我們只能做新的入口，卻不能打開克拉斯封閉上的，新入口的位置可能不太確定。所以，就算能進去，我們也需要時間去尋找他，畢竟沙盤內部很大。」

約翰想說「這太好了」，又想說「那現在需要我做點什麼」。一堆話堵塞在腦子裡，疏通不開，導致他最終只是頻繁變換著表情，卻一個字都說不出來。

「我說需要你，主要是考慮到你和克拉斯的……呃，關係，」路希恩說，「其實這事不只你可以做，我、亞瑟、金普林爵士……或者兀鷲，我們都能做。但我想，還是你更合適，克拉斯信任你。」

「是什麼事？」

路希恩和麗薩對視一眼，「如果成功，它會讓克拉斯獲得自由，真正的自由，讓他回到現實世界，不再被任何東西束縛。而如果失敗，我們就會失去他。你願意冒這個風險嗎？」

約翰點頭，他根本不需要考慮的時間。

「當然願意，這根本不能算風險，」他默默握緊雙拳，「因為，如果不做……我現在就已經失去他了。」

Unthreatening Creature Protection Association

# Chapter 30

## 直到如生命那麼久

▼
▼
▼

起初，他寄希望於睡眠。

睡著後可以做夢，在夢裡他可以見任何人，去任何地方。

很快，他失望地發現，現在的自己無法做夢了。他的靈魂仍然在這個身體裡，卻不能再驅動它，當然也不能控制大腦。感官和生理功能完全被割裂了，他只能就這麼靜靜地待在這裡，看著有限視野中的東西。

就算沒有夢境，他還有回憶。他默背完了熟知的咒語，回想了一下和某些部門機關打交道的流程，然後想起了那些熟悉的面孔。

首先是傑爾教官。以前米拉曾經在西灣市辦公區工作，是她帶克拉斯去協會的，克拉斯擔任過傑爾身邊的實習生。

然後是麗薩，黑月家的每個人都知道無威脅群體庇護協會，麗薩從小就常和協會打交道，她是自己親自來報名入職的。

還有卡蘿琳，她的父母都是獵人，在她還很小的時候，他們死於工作中的意外。卡蘿琳被協會的人輪流照顧長大，中學畢業後就留在了協會。

之後是和史密斯的第一次見面。當時這位變形怪還是棕髮少女的模樣，克拉斯能夠看出他的本來面目，但仍以對待女士的態度對他，這讓史密斯覺得浪漫而感動……

雖然他們的親密關係最終失敗並結束了，但克拉斯仍覺得他是不錯的朋友。以及約翰・洛克蘭迪。克拉斯不禁想像，如果他沒有接受這位假冒記者的採訪？如果那個雷雨的傍晚，他打開門發現對方是血族時，就把約翰拒之於門外？如果他從沒邀請約翰加入協會？

接下來的很多事仍然會發生。他會在電梯裡被膠質人襲擊，就算僥倖脫險，接下來還得找個血族配合施法、以便幫助伯頓。他還有可能被惡魔西多夫困在羅馬尼亞的廢棄旅館裡……想到西多夫的態度就讓人渾身發冷，天知道如果他被困在那裡後，會發生些什麼糟糕的事……

再之後的地堡監獄、阿特伍德老宅裡的首次力量失控、為卡蘿琳尋找治療藥劑、吉毗島發生的一切……克拉斯發現，自己根本沒辦法想像下去。

他沒辦法去假設，假如這一切都沒有約翰參與，自己的人生將會被撕裂出多大的缺口。

他自願留在沙盤空間裡，因為他瞭解自己。他知道事情會朝著什麼方向發展。原本他根本不想讓約翰進入沙盤，可是約翰卻用締約來命令他……想到這裡，克拉斯幾乎認為自己在微笑——當然不是真的微笑，畢竟現在他連面部的皮膚都感覺不到。

回憶了很久，他又忍不住開始想到將來。其實他已經沒有「將來」了，他就像塊石頭一樣沉寂在沙盤裡，就算奇跡發生、能夠離開沙盤，也最多只是變成一塊屬於外界的石頭。

他想起自己說過好幾次約翰像具屍體。血族休眠時確實像屍體，硬邦邦的，一動也不動，在真知者之眼裡，平時約翰的臉色也有點像屍體……

現在，最像屍體的反倒是我，他想。也許更像雕像：就算內部有個靈魂，也不能動彈。

時間太久了之後，他的意識就開始模糊了。

他記不清自己剛才思考了什麼，思維變得七零八落，前後顛倒。他開始產生幻覺，以為自己在家裡的床上醒來，或者是在地堡監獄的警衛宿舍，地下一樓的出租套房，甚至深夜公路旁的車子上。

每個幻覺中都有約翰，約翰總是在他身邊。

起初，克拉斯以為這是悲傷。「悲傷」並不準確，他不覺得後悔和傷心，卻仍然感到全身被粉碎般的疼痛。

逐漸他明白，這是恐懼。

他不禁幻想，如果每個生命死後都將面臨這樣的世界，那該有多可怕——沒人能感覺到你，你也什麼都感覺不到，可是你卻仍然有意識，漂流在似是而非的時空裡，直到永遠。

清醒的夢與幻覺在某一刻結束了。他也不知道到底過了多久。

一聲石頭滾動的聲音在很遠的地方響起，打破了寂靜，把他的意識拉了回來。他動不了，看不到，只能聽到沙沙的腳步聲。

有什麼堅硬的東西在周圍磨擦，像是劍在砍削石頭，或者有人正挖掘著什麼。突然，一道強光射進眼睛，他的雙眼刺痛，卻無法閉上。

「你相信我嗎？」

熟悉的聲音在頭頂響起。

克拉斯難以置信地看著……只是看著，他不能控制自己的眼睛去具體看某個方向。

他看到約翰，約翰對他微笑著，就像以前一樣。

「克拉斯，你相信我嗎？」約翰又重複問。

大概這又是幻覺。克拉斯在心裡回答他：是的，我相信你，無論什麼時候都相信你。

約翰一下離開，一下又出現，還有時偏開頭，對旁邊說著什麼……一陣陣噪音襲來，視野裡時而昏暗時而明亮，克拉斯完全不明白發生了什麼事，他幾乎懷疑是自己已經徹底瘋了，所以才會看到和聽到這些。

「接下來我做的事情，也許有點可怕。」約翰又對他說。

克拉斯確信自己一定是瘋了。因為他聽到約翰說：「我得折斷你四肢上的每個關節，剖開你的胸膛，在心臟前的肋骨上寫完咒文……抱歉，聽起來真是太恐怖了，可是我得對你說清楚。」

約翰離他很近，越來越近，最終吻上他的額頭，再從眉心到眼皮，以及面頰和嘴唇。

克拉斯感覺不到，只能從視覺裡判斷這些。

「哦，你感覺不到，」他聽到約翰說，「這樣很好……簡直是太好了。不然我真的不知道該怎麼做完。」

約翰把手伸過來，捧住克拉斯的臉，再次用力地吻他。然後他把額頭和克拉斯的頂在一起，說：「我要開始了。克拉斯，請你相信我。」

克拉斯茫然無措地盯著約翰，約翰也不時凝望他。

他聽到清脆的骨頭折斷聲，一次又一次，雖然沒有疼痛感，靈魂深處反抗的本能卻開始翻湧。

不，他對自己說。我相信約翰，我不想反擊。即使是幻覺、夢境，我也相信他。我可以接受他對我做任何事。

詠唱聲在不遠處響起，是個女孩的聲音，非常耳熟，不時還夾雜著男人小聲指導的聲音。每個音節都像一盞燭火，它們逐個亮起，又逐一熄滅。

在燭火燒得最旺時，克拉斯的視野被一團霧氣籠罩，閃光的塵雲席捲而來，奪取他的視覺和聽覺。燭火最終熄滅後，他又置身於絕對的漆黑。唯一的照明是遠處的一束白光，就像人們傳說的，由生到死的長廊一樣。

他猛然發現，自己恢復了感知。

他低下頭，仍然看不到自己的身體，可是卻似乎能夠動動手指、轉身或伸手。身後開始變得熾熱難耐，他向著光束靠近，越向前，身周的溫度就越低，那是一種令人舒適的清涼，就像夏夜拂過肩頭的南風。

克拉斯失去了意識。他不知道自己會回頭向後走，還走向猶如月光的前方。黑暗攫住他，讓他來到了久未體驗過的、真正的睡眠之中。

醒過來的時候，克拉斯難以自控地慘叫了一聲。

因為實在是太痛了。身體的每一處都疼痛不已，他只能咬著牙扭扭頭……他驚訝地發現，自己能動了！雖然身上痛得讓他動不了……

約翰的聲音在他側上方，不停念他的名字。克拉斯覺得自己應該看不到那個角度的，自從無法驅動身體，他的視野範圍一直很小。而這次，雖然幾盞強光提燈擺在他四周，照得他睜不開眼，但他竟然能夠正常轉動頭部和眼睛了，他看到了約翰。

「我們需要皮帶，把他固定一下，」這是麗薩的聲音，「他竟然這麼快就醒了，這邊還沒縫合完，骨頭也還沒處理，他會亂動的！」

「我按著他的肩，你們快點……」約翰說。

然後是路希恩的聲音：「給他一針律令藥水，灰色的那個。」

「你確定嗎?那個又不能止痛。」這聲音也有點耳熟，克拉斯一時想不起來是誰。

「我確定。現在的關鍵是不能讓他亂動，用魔法藥劑讓他動不了就行了，畢竟他都……這樣了，醫學麻醉又不能起效。」

克拉斯聲音嘶啞地說：「不……不對，我的身體是人類的……魔法藥劑對我的靈魂無效，反而是化學藥品有效……」

「現在不是了，」耳熟的聲音靠近後，克拉斯驚訝地看到了羅素先生的臉，「你現在和以前不一樣了，慢慢習慣新的自己吧。」

律令藥水被注射進身體，克拉斯再次不能動彈了。但是他仍有觸覺以及痛覺，這和之前完全不同。

他感覺到約翰又吻了他的額頭，「他們要替你縫合，縫合完成之後，我就幫你把拗斷的關節處理好……抱歉，克拉斯，抱歉，忍耐一下，我知道這樣很痛……」

「確實很痛……」克拉斯說話時差點咬到舌頭，「約翰，你哭什麼？你別看著我哭……讓我覺得，呃！更痛了！」

約翰俯身親吻他，希望接吻能夠讓克拉斯分散一點注意力。在魔法藥劑的作用下，克拉斯只有眼睛和嘴唇還能自由活動。他盡己所能地回應，閉上眼。

疼痛無處不在，或尖銳，或鈍重，可它們竟然遠不及嘴唇上的觸感清晰。

「會很快的，我保證……」接吻的間隙，約翰在克拉斯耳邊說。

「不，會很慢的。」路希恩手裡拿著令約翰不敢直視的工具，毫不留情地糾正。

被扶著坐起來時，克拉斯驚訝得說不出話。

原本他以為身邊只有約翰、麗薩、路希恩和羅素。誰知道，視線可及的範圍內起碼有上百人，有不少人是上次一同進入沙盤的熟面孔，還有些是沒參加「遠征軍」、只有過幾面之緣的年輕施法者。

夜色之下，有的人自己拿著提燈，有的戴著礦燈一樣的帽子，還有些愛炫技的施法者甚至在領釦上點了照明法術，照得整個腦袋像顆巨大的燈泡。

「你們到底……對我做了什麼？」克拉斯被兩個獵人抬著——用門板抬著的，他暗自腹誹過，為什麼這些人就不能找個醫用擔架來。

約翰走在他身邊，握著他的手，「簡單說來，我們把你又變成了另一種東西。你沒事了！」

「複雜地說呢？」

「我不會複雜地說。等出去後，路希恩他們會慢慢解釋的。」

「你真是一點都沒變，」克拉斯仰躺著，發現逆光為約翰的棕色頭髮鍍上了一圈金邊，「約翰，試著給我個什麼命令吧。」

「為什麼？」

「我有點好奇，」克拉斯說，「我想知道締約的效果還在不在。」

約翰思考了起來。他得要求一件克拉斯肯定不想做的事，這樣才能試出來效果。於是他說：「用你盡可能最大的力氣，揍我一拳。」

克拉斯帶著訝異的表情，真的揍了他一拳。打在腰部的力道很輕，可是克拉斯卻差點從門板上滾下來。

約翰及時接住他的身體，吻他頭頂的頭髮，扶著他重新躺好。抬門板的獵人們抗議起來，指責他們不分時間地點打情罵俏，實在是有礙觀瞻。

好好躺回去後，克拉斯突然想起一個問題：「對了，你們打算就這麼帶我回去嗎？」

「當然要回去了，不然我們是來採訪你的嗎？」約翰反問。

「可是……你應該也知道了，讓我留在沙盤裡，是很多人的決定。」

不管約翰他們找了什麼方法，總之，克拉斯能離開了。可是這麼一來，事情就變得無法向外界交代了，飛機上的會議裡有不少重要人物，他們可不歡迎魔鬼碎片回來。

「放心吧，」回答的是麗薩，她走在約翰稍前一點，「會有人處理這方面的問題的。而且，身為魔鬼碎片的德維爾．克拉斯已經死了，現在你有了新的身分。」

「什麼身分？還有最重要的一點，我是沒辦法離開沙盤的，難道你們忘了嗎……」

麗薩來到克拉斯身邊，「克拉斯，你的智商降低了。」

「什麼？」

她指指上面，「你看到了什麼？」

克拉斯望著正上方，提燈和照明法術照亮了附近地面，更高處樹影婆娑，再往上是黑暗靜謐的夜空。

他看得呆住了，「我已經在外面了？」

「從你慘叫著醒過來那時，就已經在外面了。」

「我……我現在到底是什麼？」克拉斯恨不得立刻坐起來親自檢查一下身體，他很清楚，除非自己已經死了，否則不可能離開沙盤。

約翰掏出證件，指指徽章，故意擺出平時工作的表情。

「先生，你是一個從未被記錄過的靈魂憑依體生物。你是無威脅群體庇護協會的救助對象。」

「從未被記錄的靈魂憑依體生物。」

這個名字是路希恩想的，大家一致覺得太長了，還不如就簡化成「克拉斯」吧。路希恩堅稱自己的說法比較科學，因為它簡練地概括出了克拉斯現在的狀態和屬性——他不是魔鬼碎片了，通俗地講，他也變成了一個復甦的祭品，並且被封固在了尚未失去活性的人類身體上。

克拉斯所經歷的並不是醫療或者淨化，而是獻祭術。與在阿特伍德老宅發生的、黑月家祖先使用過的一樣。

他躺在淺淺的、如墓穴般的土坑裡，被折斷四肢上的每個關節，被剖開胸膛，在最靠近心臟的肋骨上烙出咒文。

在施術的過程中，主要步驟的執行者是約翰。約翰是血族，屬於不死生物，根本不能算活人，且沒有任何能算「活物」的血親，所以這麼一來，在祭祀完成的瞬間，獻祭者就等於已經死了，祭品立刻被轉化成了一種不完整的形態。

由於原本的克拉斯已經因被獻祭而「死」了，所以沙盤空間開始塌縮消失；克拉斯作為祭品甦醒，他不再算是「設計生物」，可以在沙盤消失後留下來。

剎那間的從生到死，再到重生。

路希恩說約翰的工作很多人都能做，確實如此，任何一個不死生物都可以，比如血族、持物幽靈。但他們不一定能夠成功。因為，獻祭術的施法過程會帶給受術者難以想像的巨大痛苦。面對魔鬼的力量，沒人有自信能平安無誤地完成每個步驟。要保證施法完成，就必須讓受術者毫不抵抗。

在靈魂被獻祭術轉化形態的瞬間，從生理指標上來看，克拉斯原本的身體還沒有「死」。隨著獻祭術完成，施法者們又為他補上了一個錮魂魔法，把剛覺醒的靈魂祭品禁錮在了原本的身體上。他們知道克拉斯身為魔鬼的本名，這讓事情變得容易了不少。

現在克拉斯的身體被靈魂驅動著，有心跳，會流血，導致克拉斯需要躺很久才能痊癒。

回到西灣市內之後，在休養期間，克拉斯感嘆自己經歷過太多次錮魂魔法：被禁錮在石頭裡、被奧術祕盟安放在特意打造的肉身魔像裡……那些靠的都是錮魂魔法。

其實錮魂魔法根本沒有足夠的力量把他拴在肉身裡。畢竟經歷了獻祭術的復甦過程（雖然它史無前例的短暫），照理來說，他靈魂的力量更強大了。假如克拉斯願意，他完全可以掙脫這個身體，不過他當然不會這麼做。

「從未被記錄的靈魂憑依體生物」——之所以路希恩這麼說，是因為克拉斯成為了首位這樣的「生命體」。以前從來不曾有過這樣的生物，沒有自願接受施法的、在死去瞬間就復甦的祭品，也沒有把祭品靈魂固封在活人身體裡的先例。

路希恩、麗薩以及大群的施法者負責推算、論證、完善咒文，以及教會約翰每個細節。他們的整套施法過程非常危險，缺少案例和實驗，僅有理論支持，稍不注意就會施法失敗；甚至，萬一理論和魔法設計自身就有誤區，那麼約翰不僅無法救出克拉斯，反而會親手殺死他。

像名普通重傷患般臥床靜養的期間，克拉斯忍不住問：「約翰，當時你真的不害怕嗎？」

「怕什麼？」約翰陪在床邊，捧著一本《深淵種演化概率與案例》，以前他很少碰這類書。

「我很可能因為無法保持理智而傷害你。我留在沙盤裡之後，雖然沒辦法再控制身體，但還可以控制魔鬼力量。還有，這一整套大膽的……過於創新的施法過程，如果它沒能成功怎麼辦？」

「我不認為你會傷害我，」約翰說，「你還記得嗎？在你失控時我曾經迎著黑色的刀片走進去，你沒有傷害我。」

「誰說沒有？我割破了你的手。」

「那不算，我還咬了你的脖子好幾次呢。」約翰盯著書本上的圖示，一個字也沒看進去，他只是這麼盯著書而已，因為接下來的話有點肉麻兮兮，他不太想看著克拉斯，「並且，我也不擔心自己會失敗。最壞的結局是……我不僅沒能救你，還親手殺了你，就算是這樣，也總比把你一個人留在那裡要好多了。」

屋內的沉默持續了十幾秒，連翻動書頁的聲音都沒有。

他們在協會新址的醫療室裡，幾條走廊外，傳來了小會議室裡的激烈交談聲，讓這房間顯得更安靜了。

「嘿，說點什麼好嗎？」約翰問，「我說完話，你就一聲不吭，我還以為你突然昏迷了呢。」

克拉斯長嘆一口氣，「好吧。我覺得傷口很痛，可是化學藥品對我沒有作用，你有什麼辦法麼？」

現在約翰還真的沒什麼辦法。從前，他可以通過吸血讓克拉斯的身體麻痹，而現在……克拉斯完全變成另一種生物了，約翰無法從他身上吸取血液。因為甦醒的祭品靈魂非常強勢，它會完美地操控這具身體的一切細節，吸血鬼無法得到血液。有些事不是靠克拉斯的主觀意志能控制的。

「噢，我突然有個想法！」約翰坐到床邊，雙手撐在枕頭兩側，俯視著克拉斯。他確實是突然之間有了個點子，也許是受那群施法者影響，現在他覺得自己的思維變得活躍了不少。

他俯下身，先深深地吻住克拉斯——他按著克拉斯的肩，讓克拉斯不必做出回應，以免牽動還沒完全癒合的傷口。

在克拉斯閉上眼、毫無防備時，他把嘴唇移到其喉間，將獠牙淺淺地刺入。他不能吸取血液，所以就不吸取，只是僅僅把尖牙滯留在裡面，並用嘴唇吮住周圍的皮膚。

曾經在迫不得已時，他使用過克拉斯的血液，他從不敢停留得太久，因為過度吸血會傷害到克拉斯。現在不同了，他不能得到任何血液，反而可以放心地刺入獠牙，甚至可以維持這個狀態更長的時間。

血族的牙齒不僅不會帶來疼痛，還會使人全身酥麻放鬆。克拉斯伸出手，摟緊約翰，並迷迷糊糊地想著，這真是世上最新奇的親吻了。

路過醫療室門口時，麗薩一臉嫌棄地看著貼在門口的人——那是個綠眼睛的漂亮的青年，一頭淡金色及肩長髮，高挑精瘦，像個年輕的男模。

「史密斯，你在幹什麼？」

她剛說完，史密斯急慌慌地在唇邊豎起手指，推著麗薩遠離醫療室。幾週前，史密斯拋棄了上一個形象，罕見地終於變回了自己的真實性別。現在他的樣子是參照某個俄羅斯模特兒變的，臉蛋漂亮得不能直視，身高超越辦公區的所有同事。

克拉斯曾經這麼說：「我的真知者之眼才剛開始回復，就看到你竟然喪心病狂地開始抄襲別人的長相了。」

「麗茨貝絲，我們別在醫療室外說話，」史密斯把麗薩拉到茶水間，「他們好像在交流感情呢，別打擾到他們……我聽到了一點有趣的聲音……」

「你都偷聽他們了，還不許他們聽見你嗎？」麗薩低頭倒咖啡，懶得看著史密斯。現在他太高了，和他說話會讓人脖子痛。

「克拉斯徹底沒事了？」史密斯問，「我聽說協會高層一直在商量要怎麼應對他。現在到底怎麼樣了，他就……徹底沒有危險了？」

「我不太清楚。畢竟他是個史無前例的生物，誰知道幾年後、幾十年後會變成什麼樣子。」

「真恐怖。主意是路希恩想到的吧，他沒什麼打算嗎？」

「所以，路希恩又打算長期和克拉斯合作了，」麗薩聳聳肩，「說白了，就是……長期研究他。你知道的，路希恩已經辭掉了學校的工作，他現在有的是時間，而且黑月家的保險理賠已經下來了，他也不擔心費用問題。他打算招募些學員，建立一個小型學會，在研究克拉斯身上的現象的同時，也能夠把黑月家的知識傳承下去。」

「有門科瓦爾家支持，他肯定做得到，」史密斯點點頭，「那麼……妳呢？」

「我？」麗薩皺眉。

「妳怎麼想？妳還能夠和克拉斯一起工作嗎？」

麗薩笑笑，端著咖啡走出去，「我正急切地期盼克拉斯痊癒。他就要被調到執法組了，原本的調解員職位會由洛山達和卡爾接替。他會依舊和約翰搭檔。以後，我和卡蘿琳肯定要經常與他們接觸。」

幾個月後，克拉斯得到了新的身分證件，畢竟這是協會最擅長的業務。證件上的名字是「克拉斯・德夫林」。

他不再能操縱黑光刀刃了。作為祭品「死亡」再瞬間重生，讓他靈魂的屬性發生改變，連造成傷害的模式也不一樣了。

第一次發現這一點時，是路希恩把他接到一間安全隔離室，讓他依照自身的感覺來攻擊幻術目標，驗證現在他的力量能變成什麼樣。結果，克拉斯沒能調動黑曜石碎片，反而變得能夠聚攏起黑色的長槍。

克拉斯自己也不知道為什麼。他猜測，也許因為這動作是他「上次死去之前」的最後一次攻擊動作，給他的身心烙下了太深的印象。而路希恩不這麼看，他說了一大堆理論推測，最後的結論仍是沒有結論。

照理來說，復甦的祭品會變得更強大，而且會無休止地傷害外界的生命……可是在克拉斯身上，這些卻沒有體現得太明顯。路希恩以及眾多施法者在日夜討論這一點，最後他們發現，也許關鍵在於錮魂魔法。

克拉斯自願被束縛在身體內，不加以逃脫，他復甦後的靈魂根本就沒有真正地來到外界。祭品的靈魂當然仍會傷害、吞噬活物。被長久困在一個形體內之後，它日夜不停吞噬的恰恰是其自身。猶如銜尾蛇，難以調遣、無暇他顧。所以克拉斯的力量不僅沒有變強，反而還顯得劣化了不少。

下一年初秋的夜晚，克拉斯和約翰走在酒吧區的後街，調查磷粉酒吧客人失蹤的事件。

一隻低等僕役惡魔正嚎叫掙扎著。它來自深淵，只有深淵種惡魔才能使役它們。黑色長槍穿過它的蝠翼，把它釘在了牆上。克拉斯收回力量，把這隻小惡魔扔給約翰。

「其實這樣也不錯，」克拉斯掂著手裡的長槍，「如果路希恩他們的理論是對的，那麼我一定變得安全了很多。劣化一點肯定是好事。反正用來對付這些小東西是足夠了。」

約翰撇撇嘴，把小惡魔裝進咒文束口袋，「現在唯一的問題是——我看著你的『武器』時，總是渾身發寒。」

「嗯，我明白。畢竟它曾經釘穿過你的心臟。作為補償，你平時可以多命令我做點事，我不介意。」

他們並肩走在昏暗的小街道上，這讓約翰想起了很久以前。

那是個漆黑的凌晨，他們離開金普林爵士的莊園，克拉斯在車後座上睡著了，約翰幫他繫好安全帶。凌晨的郊外公路空曠安靜，黑色路面向遠方延伸，彷彿沒有終點。

「那麼，這樣吧，」於是約翰說，「我最想命令的事情就是，無論什麼時候，只要我對你說『我愛你』，你都必須回應說……」

他還沒能說完，克拉斯故意搶先開口：「我也一樣。直到像我們的生命那麼久。」

他們的將來會像他們的過去和現在一樣。

他們會走在或隱匿寂靜、或危機四伏的路上，幫助善意的生物，對付可能的敵人。他們會看到瑪麗安娜變成優秀的人類驅魔師，目睹約瑟夫老爺的家族越來越壯大，發現血族丹尼脫下那身遮光黑袍……或許有一天，他們將送老朋友們離開這世界，看到伯頓先生完全變成報喪妖精，他們將繼續遇到各種奇妙的、詭異的、令人煩惱的生物和案件。

那時，他們仍然是搭檔、摯友、伴侶，是對彼此而言最特殊的人。

他們會在每條路上並肩，直到永無盡頭的未來。

——《無威脅群體庇護協會04》完

——《無威脅群體庇護協會》全系列完

Unthreatening Creature Protection Association

# Side Story

## 雨夜的傾訴者

雨點輕敲在落地窗上，叮叮噠噠，就像書房裡敲鍵盤的聲音一樣。

克拉斯的手邊放著熱咖啡，全神貫注在手裡的工作上。約翰走進來的時候他毫無察覺，直到電腦螢幕上映出約翰的臉。

「約翰，你不會成功的，」克拉斯邊打字邊說，「我至今的人生中，曾無數次遇到自暗處鑽出的古怪生物、尾隨在身後的腳步聲、玻璃上密密麻麻的手印……兀鷲和海鳩每天都從牆壁裡和我打招呼，如果我會被這種把戲嚇到，就不會活到今天了。」

約翰遺憾地撇撇嘴。本來他打算嚇克拉斯一跳，然後學電影裡那樣撲上去從背後摟著對方說「嘿，別擔心，是我」。他見過克拉斯失去冷靜的樣子，雖然當時發生的不是什麼好事，但他默默認為那樣的克拉斯也很迷人。

「你不是在寫報告？」約翰拉過轉椅，坐在克拉斯身邊。

「嗯，那些我寫完了。今天又冷又潮溼，還開始下雨了，特別適合寫點別的東西。我在寫短篇故事。」

由於「德維爾・克拉斯」這個身分已經死亡了，克拉斯有很長一段時間再也沒寫過什麼東西。最近，他重新愛上了恐怖小說。

起初約翰以為他會重新編個筆名，誰知道，克拉斯的做法是仍以原身分供稿，把新的稿子說成是「德維爾・克拉斯」的「大量未發表遺作」，由朋友擔任代理人，幫他拿去投稿和發表。

不得不說，這是個好主意，因為「作家克拉斯」這個人的對外形象太古怪：作品內容黑暗驚悚、三任配偶離奇喪命、最後本人也神祕死亡，所以，現在「克拉斯的遺作」非常受歡迎。

代理人經常故意不情不願地說「克拉斯先生留下的私人遺作非常多，但他的親友不想發表太多」，然後出版商們會來輪番勸說，千方百計希望他把稿子拿出來；然後，代理人就說「可他的稿子有很多是手稿，寫在私人記事本上，涉及隱私，不能直接拿出來，得讓他家人來整理，會很慢的」，於是出版商們反覆地表示慢也沒關係，只要你簽給我們。

前不久，雜誌上又開始刊登他的短篇小說了。除了恐怖的情節外，人們還非常關注這位「已故」作家的心路歷程和祕密，甚至有人試圖通過小說來側寫出他是怎樣的人、謀殺是否真的存在等等。

用克拉斯自己的話來說：這些小說都是胡編亂造的，他們側寫出來的那個人根本是西多夫。

約翰在旁邊看著克拉斯打字。大多數人都不願意被看著工作，克拉斯倒是不太在意。

螢幕文檔上正寫到：

繞過骯髒的小巷，他以為自己終於擺脫那孩子了，可是竟然沒有。穿黑帽衫的小女孩就在馬路對面，正緩緩抬起手，指著他。他的雙腳像被釘在了地上，無法移動。每次那孩子指著他，他就會聽到身後有什麼東西落地的聲音，咚，這種鈍鈍的聲音。這次也不例外，他再次聽到了。他清楚地記得，第一次遇到同樣的情況時，聲音是在十幾英尺外響起，然後一次比一次靠近。現在，聲音就貼著他的脊背落下……

約翰猛然站起身，還差點把轉椅撞到克拉斯的椅子上。

「怎麼了？」克拉斯轉過頭。

「沒什麼，」約翰說，「我不打擾你寫故事了。呃，還要咖啡嗎？」

克拉斯盯著約翰幾秒，努力忍著笑，「約翰，你……害怕了？」他觀察著約翰的表情，「你是個血族啊！我保證，我小說裡的東西就算活過來，他們也打不贏你！」

「這不是打不打得贏的問題，」約翰無力地分辯著，「我對這種虛構的、太超現實的東西有點難以適應……」

「那麼這樣說吧，」克拉斯站起來，雙手捧著約翰的臉，「你要知道，這些都是我編的東西，都是我想像出來的。想想我，就不會覺得可怕了。」

約翰握住他的手，並把它們拉開，皺著眉，「為什麼你的語氣很像家長在安慰怕黑的小孩？」

克拉斯沒有回答。他稍稍踮腳並抬高下巴，試圖用嘴唇輕觸約翰的眉頭。還沒能碰到，約翰便截停了它，並且拉著克拉斯的手腕，將他再拉近了一些。

雨聲比剛才更大了些。接吻時，克拉斯小聲提醒約翰閉眼——約翰當然知道要閉眼，可是，每當彼此貼近，他總是忍不住想細細觀察克拉斯的眼睛，看看瞳孔和睫狀體是否清晰可見。他永遠也忘不了曾經那對毫無光澤的眼睛，所以，他總是想反覆確認。

他依言閉上眼，並放開克拉斯的手腕。這時，隨著雨幕，輕輕的敲擊聲從客廳方向響起。

聽到敲擊聲的瞬間，約翰的腦子裡自動預演了一遍克拉斯小說中的情節——深夜中的、越來越靠近的重物落地聲。他知道自己的想法很可笑，所以他忍住了沒說出來。

有人在敲門。每敲三下就間隔片刻，非常有禮貌。克拉斯家有可視門禁系統，門外的人（姑且猜測對方是人吧）卻執著地敲門。書房內的兩人對視了一下，無聲地移動到客廳旁的走廊玄關。

打開監視器的螢幕後，他們看到了來者——那是一名高挑而蒼白的男人，穿著平領休閒西裝，領帶繫得一絲不苟，彷彿早晨正準備出門。長柄雨傘掛在他的前臂上，全身上下唯一略顯狼狽的是稍微被雨水打溼的髮梢。

「路希恩？」

看著監視器螢幕上的畫面，屋裡的兩人驚訝得差點忘了應該先開門。

路希恩看上去不太好。他依舊衣裝俐落、言行文雅，眼神裡卻帶著一絲頹喪。他拒絕了約翰遞來的血袋，就像做客時禮貌地拒絕一杯烈酒一樣。克拉斯看得出來，雖然還不迫切，但路希恩確實需要進食，不過由於有克拉斯在場，他不好意思吸血袋。以前約翰也是這樣，不好意思當著別人的面進餐。

顧及到路希恩的自尊心，克拉斯沒有拆穿這一點。他藉口去樓上查看借宿的殘疾人間種惡魔兒童，暫時離開了客廳，約翰也假裝走來走去收拾東西。路希恩終於接受了好意，以盡可能快的速度用完了血袋。

等克拉斯回來後，路希恩歉意地說：「我的到訪實在太唐突了，可我暫時想不到還能去什麼地方……」

「你可以去找亞瑟啊？」約翰提議。

「不，我不能，」路希恩來回把玩著鏡架，「亞瑟先生很熱情，但有點難以交流……我是來找你們的。最近我意識到，我必須放下自尊心或者別的什麼，我需要找人談談。」

作為人類，路希恩是穩重的研究者；作為剛被轉化幾年的血族，他卻還非常不成熟。克拉斯希望他說下去。畢竟他和約翰都曾經是協會的調解員，幫助黑暗生物是他們的工作。

路希恩先是用禮貌的語言表示感謝，又闡述了他從忍耐到願意尋求幫助的心態變化，再說到他對自己目前狀態的基本認知……克拉斯聽得都快走神了，大多數救助目標會直接哭訴遭遇，而不是像這樣嚴謹地分析半天。只能說，路希恩不愧是路希恩。

路希恩的煩惱已經持續了好長一段時間了。

他並不後悔被轉化為血族，因為比起什麼人類的尊嚴，他更割捨不掉手裡的研究。亞瑟是個好導師，讓他很快就適應了進食和新的生活規律，可是很快他發現，自己需要面對的困難不僅是這些。

他必須拋棄以往的大多數東西。那個在大學執教的「路希恩．黑月」已經死了，他的同事、學生還都參加了他的葬禮，從此他不能再和他們有聯繫。

儘管如此，他並不清閒。亞瑟帶他參加了門科瓦爾的家族議會，他認識了不少血族施法者。波莎娃議長感動地拉著路希恩的手，表示她已經很久沒見過氣質這麼像真正血族的血族了，更何況還是個年輕人，她抱怨說現在的年輕血族都變得沒禮貌了，見到長老和議會成員時總不忘低頭看手機。

在血族長輩之間生活了一小段時間後，再回到西灣市，路希恩驚訝地發現，自己不知道該怎麼融入原本的環境。

路希恩不習慣和人類助手們相處。在亞瑟的指導下，他能夠控制自己的行為，嚴格控制攝入血液的頻率，多次少量攝取，避免因為飢餓而失控。可有時，他的眼睛還是會變成紅色——近距離聽到人類的心跳聲時、偶爾肢體接觸時……那些人類靠他太近，他就心慌意亂，他生怕自己流露出可怕的眼神，更擔心人們因一些小細節而畏懼他。

現在他擁有輕捷的腳步、明晰的視野，可是他卻仍然不擅長做很多事——比如驅魔師和獵人們所說的「外勤」。連麗薩都比他擅長得多。

為了讓私人研究所再次走上正軌，有很多事需要路希恩親力親為。他原來的司機是人類，而且並非施法者，現在那個人已經離開研究所了。路希恩不太擅長自己開車，即使變成血族也不行，他說駕駛會讓他精神緊張。可他也不太熟悉公共運輸系統，更不懂怎麼和販賣魔法材料的地下商人講價。

一個血族，懷裡緊抱著銀色手提箱（就像要送錢給綁匪的家屬），迷失在夜晚城市的地鐵轉運站裡……聽起來像兒童幽默漫畫，可它真的就發生了。

這是路希恩至今人生中最大的恥辱。偏偏類似的事情發生過不只一次。而且，他失去了過去的大多數社會關係，又不願意和人類共事，導致每次都沒地方求助。

路希恩下了很大的決心才說出這些。

「因為我信任你們，」大致講完後，他對克拉斯和約翰如此總結道，「我需要幫助，可又無處求助。我不習慣現在的生活，但又必須習慣它，將來我還得面對很多事，甚至包括得面對麗茨貝絲在我面前衰老甚至死亡……如果近在眼前的煩惱無法解決，那麼將來……我的生活只會越來越糟。」

「你和麗薩談過嗎？」克拉斯問。

路希恩苦笑，「不，我沒有。我怎麼可能和麗茨貝絲談這些？要知道，當性命垂危時，我沒有自己做選擇，而是把選擇的權力交給了她，如果現在我去找她傾訴煩惱，會讓她覺得有壓力，覺得我在指責她。她應該把精力集中在學術上，而不是過度關注我。」

「她最討厭你這麼說了。她抱怨過，說你總是把『精力應該集中在學術上』當成做任何事的標準。」

「嗯，因為我認為確實應該這樣。」

克拉斯無奈地點點頭，「如果需要，我和約翰可以在你需要時協助你，任何時候都可以。不過你要知道，麗薩是你的家人，哪怕你得到永生、而她仍是普通人，這一點也不會改變。我相信，如果讓她選，她會把你擺在其他事物的順位之前。而且你還有亞瑟，你為什麼不……」

雨幕裡滾起悶雷，路希恩突然從沙發上站起來，僵硬地退至客廳門口。

克拉斯疑惑地看著他，發現他牢牢盯著客廳的玻璃窗，眼睛已經變成了紅色。響雷緊隨一道閃電落下，與此同時，約翰和克拉斯同時看向窗外，路希恩則轉身就跑。

閃電映出一道逆光的身影，上半身如壁虎般緊緊貼在玻璃窗上。約翰情不自禁地大叫起來，反射性地掏出手套戴上，就差拿出銀馬刀了。

「是我。我能進屋嗎？」外面的人大聲喊。

看清了這是誰後，克拉斯小心地回答了聲：「呃，當然可以，請……」

對方並沒有繞到前門去。克拉斯的話還沒說完，一秒之內，玻璃轟然碎裂，外面的人抱膝滾進了屋裡。雨水浸溼了地毯和沙發，衣角帶倒杯子，他像一條白色的影子般撲向客廳外，空氣中留下一句含糊不清的短語。

克拉斯怔在原地，「約翰……剛才你看到了嗎？」

「看到了。」約翰驚恐地望向客廳外。

「那……你聽到他說什麼了嗎？我看到了，但沒聽清楚……」

「他說『玻璃和弄髒的地毯我來賠』。」

「太好了。」克拉斯長舒一口氣。

玄關方向傳來一陣雜亂的腳步聲，然後又安靜下來。亞瑟・門科瓦爾一隻手搭在路希恩的肩膀上，帶他重新回到客廳。

亞瑟穿著白色的背心（胸口仍然有金色家徽）和寬鬆的燈籠褲，沒穿鞋子。他解釋說這是瑜伽服，天知道他為什麼會深夜穿著瑜伽服出現在雨裡。

水滴從髮梢滴落在鎖骨上，又滑入背心和胸肌之間的縫隙。亞瑟當著屋主的面一甩頭髮，悲情地摟住路希恩，用羅密歐臨死般的語調淒厲地高喊：「我是你的監護人啊！你怎麼能見到我就跑！」

約翰和克拉斯被震懾得一動也不動。路希恩的眼神陰沉，臉色比普通的血族還要青，整齊的西裝被雨水弄得溼答答，領子也被亞瑟擠歪了。他緊抿著薄薄的嘴唇，彷彿在用表情告訴他們：現在你們知道為什麼我不找他求助了嗎？

承諾幫克拉斯換一套新沙發、新地毯以及玻璃窗後，亞瑟放心地坐在現在溼答答的沙發上，凝視著身邊的路希恩，眉頭絞在一起。

「我們有雙重的血脈連繫，我是黑月家的先祖，也是門科瓦爾家的長輩，可是……我親愛的路希恩，你卻不信任我，甚至開始逃避我。你以為血族的心臟不再能泵血，我就會變成鐵石心腸嗎？不，我像活生生的人類一樣知道悲傷與喜悅，我的心感到一陣陣刺痛……」

路希恩用手肘撐著膝蓋，把臉整個埋在手掌裡。約翰和克拉斯坐在他們對面，不斷互相使眼色，他們誰都沒見過路希恩像現在這樣。

亞瑟的詠嘆還在繼續：「路希恩，你是那麼優秀，那麼光彩奪目，可以說，你不僅僅是我的子嗣，更是我親密的朋友，甚至是我的驕傲！除了這些，你也是我的責任。我必須保護你、關照你、在你需要時陪伴你，直到你度過前五十年——這是門科瓦爾家的規定，別的家族規章各有不同。千萬別以為這是我的負擔，我非常願意擔起這個責任！因為那天晚上，我的嘴唇流連在你頸間，你就在我身下顫抖和呻吟，你向我敞開生命的力量，我進入了你的靈魂……」

當然，他在講初擁……現在約翰和克拉斯也變成了路希恩那種姿勢：手肘撐著膝蓋，臉整個埋在手掌裡。

亞瑟洋洋灑灑地說了好久，最後雙手扣住路希恩的肩，讓他對著自己：「我們相處好一段時間了，路希恩，你總是太禮貌、太冷淡。我只想知道，你究竟是為什麼總不願意和我交流？」

「因為我……」路希恩艱難地說，「我……我不太擅長和你交流。」

「不擅長？是不擅長，還是因為你其實很排斥我？否則，為什麼當你需要幫助時，寧可找他們——抱歉，我沒有指責你們的意思，」他轉向克拉斯解釋了一下，繼續說，「你寧可找門科瓦爾家之外的人，也不肯和我好好談談？」

路希恩嘆口氣，「任何人從認識到熟識都需要時間。亞瑟，我很感謝你至今為我做的一切，但其實我認識克拉斯和約翰更久，比認識你要久，所以，我找他們談話，不代表我排斥你。」

「我懂了，你需要時間？」亞瑟的眼睛裡彷彿閃著光芒，他伸手過去想觸摸路希恩的頭髮，被路希恩躲開了。

「你真的不是排斥我？」亞瑟放下手，洩氣地問。

路希恩站起來，扣好西裝外套的第一顆釦子。即使這身衣服被弄得溼淋淋皺巴巴，他也仍像過去一樣舉止嚴謹。

「不，我……」他思考了一下措辭，「我……一直就是這樣的人。你認識我也沒多久，你並不瞭解我。」

「這是真的，」約翰在旁邊補充，「他就是這樣的人。」

亞瑟跟著一起站起來，「你要離開了？」

「這是克拉斯家，我們難道要一直在這裡嗎？」路希恩向玄關走去。

克拉斯捏著眉頭想：感謝諸神，你們終於想起來這是我家了。

他和約翰把門科瓦爾家的貴族們送到門口。亞瑟準備去路邊發動汽車——路希恩的那輛黑色勞斯萊斯GHOST，走了幾步，他又退回來低聲說：「路希恩，沒關係，即使你真的有點討厭我，我也不會怪你。人和人本來就是不一樣的，你不要擔心，我仍然會認真地保護你……」

「我說了，沒有！」路希恩有點厭煩這個話題了，「我沒有討厭你。我『死去』的那天所說過的話，現在仍然有效。可以了嗎？」

亞瑟愣了一下，扔過來一記飛吻，跑向坡道下的車子。

約翰十分好奇「那天說的話」到底是什麼，克拉斯不斷用眼神提醒他不要問。

由於好奇心得不到滿足，約翰已經徹底忘記了之前恐怖小說裡的畫面，腦子完全被各種猜測占領了。

凌晨四點多，約翰和克拉斯忙於收拾狼藉的客廳，亞瑟則開著車，帶路希恩回到西灣市內的研究所。他一邊開車一邊微笑，笑得路希恩簡直不願意扭過頭去看他。

「嘿，路希恩，」等紅燈的時候，亞瑟勾住路希恩的脖子，手指輕輕揉著他柔軟的黑髮，「那時候，你竟然是清醒的？」

「當然是，不然我怎麼會說話？」

「我以為你只是隨便說說，就像人們經常隨口說『操』，但其實他們並不需要立刻上床。」

「別把我類比成那種言語粗魯的人。」

「好吧，好吧。」

號誌燈轉綠，亞瑟收回手，順便按下了音響按鈕。車子裡迴蕩著《蝴蝶夫人》中的《晴朗的一天》，在某些審美和愛好上，他們確實十分合拍。至少同乘一輛車時，他們從不會為該放什麼類型的音樂產生分歧。

亞瑟回味起曾經的那天。他走進房間，握住病床上年輕人的手，他能看到路希恩眼中堅定的求生欲望，以及恐懼和嚮往。

當初擁的痛楚與歡愉都結束後，路希恩目光朦朧地盯著他。

亞瑟吻了一下年輕人的額頭，說：從現在起，你的未來不會變輕鬆，反而會更加艱難。我會陪伴你，指導你，和你一起走在黑暗的路上，但我無法為你分擔痛苦，也不能替你面對命運。路希恩．門科瓦爾，你已經沒辦法後悔了。

亞瑟一直清楚地記得路希恩的回答。他本來還以為路希恩自己並不記得呢。

那時，路希恩在他耳邊說：帶我去你的世界吧，我絕不會後悔。

——番外〈雨夜的傾訴者〉完

Unthreatening Creature Protection Association

# Setting Collection

## 不科學的怪物目錄

▼
▼
▼

這裡介紹的都是在本書設定之下的怪物，與其他故事、其他成熟設定可能會不太一樣；除了惡魔、血族、狼人……這些源於傳統故事、大家都知道的類型，也有不少是作者杜撰的怪物。一切神祕歸於偉大的魔法，不用管是否科學……

血族的基本設定和民間傳說差不多，但關於締約啦、和劇情相關的細節等等，則是作者個人的設定，並非公開資源，也無處考證，其他怪物同理。

## 血族／吸血鬼

既然約翰是血族，那麼就先說血族。這裡的血族基本上是根據無數血族傳說揉合而成的，但並不沿襲任何已成體系的設定。

基本特點如下：

血族壽命的上限是個謎。有人認為他們是永生的，也有人則認為血族擁有壽命上限。沒人見過西元零年以前的血族，所以大家無從分析他們到底最多能活到多少歲，反正一千多歲的血族是存在的。

有的血族能夠霧化，這是一種先天的魔法能力。霧化時身上的裝備會隨著一起變化，解除霧化後再恢復。霧化後的移動速度會變得很慢，能夠從狹窄的縫隙等地方通過（但是砌死的磚縫那類不行）。在白天時，血族很難霧化，就算霧化成功也不能維持太久。

還有的血族能夠化形為動物，同樣是先天的魔法能力。通常能夠化形成黑色的狼、鼠、蝙蝠、貓、鼬、蛇等等。據協會的古老記載，歷史上還出現過能化形成黑猩猩的血族，不過有人懷疑這是個玩笑。

霧化或化形動物，這兩種能力通常血族只能擁有其中之一。也有不少血族兩者都不會。這種能力無法後天學習。

年長的血族能夠抵抗陽光傷害。「年長」是一種模糊的概念，他們對陽光的抵抗能力是逐漸加強的，並不是過多少年後的一天突然就變得能抵抗了。就像人類發育一樣，每個人的發育速度都有微小差別。

對陽光的抵抗能力分為這幾個階段：

1. 完全不能面對陽光，暴露在陽光下會被立刻毀滅。
2. 暴露在陽光下會先受到傷害，如果及時逃離，能夠保住性命。
3. 剛站到陽光下時僅僅是感到不適，之後傷害逐漸加深，如果不及時躲開，會被漸漸晒死。通常不到一小時就會發生。

4. 同上，但大概能站好幾個小時。
5. 會因為陽光不適，很多能力會減退，肢體和感官會遲鈍很多，但能活著。如果持續晒下去也會受傷，時間越久就越危險。
6. 同上，但能力減退較少，肢體行動靈敏度等等基本上不受影響。
7. 身體基本上不會被陽光傷害了，但還是很討厭太陽，會不舒服，無法忍受一直在陽光下。
8. 同上，但只有一點點不舒服，特別能忍耐的話就能正常行動。
9. 和討厭晒太陽的人類差不多。
10. 和對太陽沒有特殊喜惡的人類差不多。

第八階段以上的血族基本上只是傳說，沒人見過，存不存在很難說。剛被轉化的路希恩是在第一階段，亞瑟在第七階段。丹尼在第四階段。卡爾和約翰都是第五階段，約翰的母親也是第五階段，父親在第六階段，妹妹在第一和第二階段之間。

關於吸血：他們的獠牙平時藏在牙床裡，獵食時才伸出來。獠牙能夠引導獵物的血液，讓它更容易被血族吸取，而不僅僅是鋒利而已。被血族咬的時候，獵物不會感到疼痛，反而覺得平靜酥麻。

附註：在很多其他設定裡，被吸血會有類似性高潮的感覺，還有些則認為被吸血時會昏過去，之後醒來會被催眠忘掉這一段經歷，在這裡則不會，這篇故事裡的血族沒有這些能力。有些擅長施法的血族能靠法術讓獵物昏迷或失憶，但普通血族做不到。因為這裡設定了三次吸血後締約的能力，這能力有點太強……所以就故意加大了血族的獵食難度。

標記、刻印、締約。必須是獠牙吸血才能造成這些效果，用針筒或者喝杯子裡的血都不會產生效果。

獵物第一次被吸血就是被標記，下次被同一位血族遇到時會更容易被制服。血族的標記會協助獵物抵抗狼人的獸化詛咒。

第二次被同一位血族吸血，就是刻印。刻印後，此血族能在一定範圍內（比如方圓若干英里內）感應到此獵物的位置。其實血族很少對同一個人吸血兩次，因為這裡的血族沒有洗腦催眠能力，不情願的獵物會拚死反抗或者事後找獵人報案；而獵人在工作中如果不巧被吸血，之後會努力找到並殺了這個血族。（如果想避免麻煩，血族們敲暈人類然後用針筒抽血可能反而更方便……當然，現代還可以從特殊管道買血袋，甚至有混入其他魔法生物血液的血袋，力量越強，一頓需要的血量就越少。）

第三次吸血就是締約。締約後，獵物會無條件服從此血族的命令。

這並不會改變獵物原本的想法，只會讓他選擇服從血族的命令，而不是服從自己內心的聲音。比如血族命令他殺人，他並不願意，他的思想就變成「殺人是壞事，可是我得去做」。他仍無法完成他自身力不能及的事，比如通過締約命令一個紡織女工去抬起一匹馬，這是不可能的。

很多舊時代的血族會故意誘騙人類完成以上三個步驟，這樣一來，他們就擁有了穩定的食物來源和玩物。值得注意的是，即使完成了締約，獵物也有可能反抗血族，所以血族必須思考出嚴密完善的命令來（比如「你不能傷害我」……但他能叫別人來傷害你）。還有，如果血族沒有刻意下命令禁止，獵物可以自殺。

還有最重要的！獵物必須能夠聽懂命令。如果血族用中文古漢語命令一個維京海盜，他會什麼都聽不懂，依舊會舉起斧頭砍過來——只是砍血族的難度比較大而已。

由於狩獵難度大、天生能力有限、且命令必須巧妙，所以看似強大的締約其實並不常見。

附註：也許「三次」這個數量讓人想起WOD[4]的血縛，但這個和血縛其實是相

4 World of Dungeons，經典桌上型角色扮演遊戲（TRPG）《黑暗世界》的簡稱。

反的……血縛是指兩位血族之間，喝對方的血三次會變得絕對忠於對方，且血縛並不需要主人對奴隸事無巨細地不斷下命令。讓人類來喝會變成血僕。

關於進食。這裡的血族吸血並不是在「填飽肚子」，不是僅僅往胃袋裡裝東西的意思。他們需要通過血液來維持自己的身體，要的是血液中的力量。所以，在一次進食中，也許老鼠血會需要無數隻老鼠（且還很難喝）、靈長類的血會需要吸死一隻山魈、人類的血會需要三百至四百毫升（魔女血之類的特殊能力者之血，需要的會更少）、惡魔血可能只會需要一小口。血族需要獲得的並不是「肚子飽了」的感覺，而是力量的充盈。所以當邪惡的血族故意吸光受害者的血時，他的肚子並不會變得圓滾滾。血族們不需要像人類一樣一日三餐，他們的進食更像某些大草原上的野生動物，可以幾天一餐，只要不會太枯竭就行。

野生血族和領轄血族：就是流民和貴族世家的區別。能力上沒有區別。只不過通常領轄血族能夠接受更好的教育，所以在控制自身、掌握魔法、戰鬥技巧等等方面要強於野生血族。

還有，血族們不害怕大蒜、十字架等東西，但可能厭惡它們……人類中也有不少人厭惡它們。

既然上面第一個是血族，那下一個是狼人。富豪警衛長那樣的。

**狼人**

基本上就是傳說故事裡的狼人……怕純銀、滿月力量強且肯定會變身，喜歡吃內臟，特別是心臟。

原生狼人：狼人媽媽生下來的小狼人，小狼人之後和同族結婚再生下來新的小狼人……

狼化症的狼人：被原生狼人咬了之後所轉變的狼人。他們不具備再感染別人的能力，但他們如果和其他任何類型的狼人結合，生下的孩子將屬於原生狼人。（以及，任何類型的狼人如果和人類結合，生下的孩子有可能是狼人或者人類，幾率各占一半）

狼化詛咒：只有原生狼人能夠通過噬咬傳播它。但是狼化詛咒並不是百分之百成功，被咬的人有可能病死、瘋掉、變成狂暴無心智的狼怪等等，轉化成功的機率小於四分之一。

關於變身：新的狼人（被狼化詛咒感染的，或者狼人媽媽的新生兒）無法控制變身，通常在滿月或月亮較清晰的夜晚會不由自主地變身。

控制變身的幾個階段：

1. 無法控制何時變身、是否變身，而且不知道自己變身了，不能控制變身後的行為。

2. 無法控制何時變身、是否變身，但是清楚地知道自己身上發生的事，變身後可以控制自己的行為（但仍有可能被嗜血的本能驅使）。

3. 有時能控制，有時不能，不穩定。

4. 能夠穩定地選擇變身的時機。

5. 即使在滿月也能壓制變身。這樣的狼人只是傳說，就像西元元年以前的血族一樣沒人見過。

通常狼人只需要不到五年就能達到第四階段。

能夠完美控制變身後，狼人可以選擇變成完全的巨狼形態，還是直立行走的半狼形態。巨狼比真正的野生動物狼要大很多，趨近雄獅的大小。變身後，無論什麼形態，狼人仍然可以講話，但是狼形態說話很困難且語調不容易被聽懂，這個存在個體差異，有的狼人說得清楚，也有的幾乎不能說。

飲食：狼人是超自然物種，是活物，他們能吃（也愛吃）一切人類的飲食，但是飲食結構中必須有生鮮的血淋淋的內臟，特別是心臟。缺少這些，他們也能活著，但會一身疾病並漸漸孱弱至死。更何況，狼人通常都有殺戮嗜血的本能，發狂起來時會襲擊人類並挖出心臟吃掉。

狼人的壽命在各個傳說中都不一樣，有的也是很長壽，有的就和人類差不多……本書的設定是這樣的：

原生狼人的壽命：和其先祖的壽命一樣。每個部族分支都不同，大多數基本上是幾百年。狼人自己也不太清楚能活到幾歲，因為他們是溫血生物，就算某狼人理論上能活五百歲，他也有可能因為不健康的生活方式（……）而變短命。

狼化症狼人的壽命：咬他的狼人的壽命減去他作為人類已度過的壽命。比如一個三十歲的人類被狼人A咬了，狼人A的理論壽命是六百年（不論他實際能活多久），那麼此人類成為狼人後，理論壽命就是六百－三十＝五百七十年。當然他有可能因為各種原因提前死亡。

狼人的危害性：狼人比血族更恐怖，因為血族通常都是清醒的，除非他故意作惡殺人，不然被襲擊的人類至少還能活著。而如果遭到狼人襲擊，人類基本上必死無疑。而且狼人通常具有暴力傾向，很難管理。遊騎兵獵人中有一些狼人，獵魔人組織裡有一批狼人部隊（富豪警衛長他們就屬於這類），無威脅群體庇護協會的工作人員中幾乎沒有狼人，因為他們不太適合這類工作。

富豪警衛長他們算是狼人中的少數，大多數狼人不是自成一派的暴徒、就是當邪惡施法者的打手。

說到狼人，正好順便說這個——

**獸化人**

獸化人和狼人有一定區別。他們不是人類變成的，也不是某種野獸變成的，而是一種獨立的物種。而狼人就像血族一樣，與人類之間存在著轉化與被轉化的關係。

（在一些其他設定中，比如DND[5]怪物圖鑑裡，狼人是獸化人中的一種，但在本書獸化人是指「同時具有野獸化形形態和人類形態的生物」。和DND中提到的那種不同。）

5 Dungeons & Dragons，經典桌上型角色扮演遊戲（TRPG）《龍與地下城》的簡稱。

獸化人沒有噬咬傳播感染的能力，只是一些物種而已。自己結婚生孩子就能繁衍了。他們可以和人類滾床單，但無法繁育，因為有生殖隔離……

常見的族裔有：鼠人、巨蜂人、大腳怪（是的，他也是一種獸化人）、熊人……人類研究者仍在不停發現新的獸化人品種。

獸化人天生就能自由獸化，不存在失控，而且力量和月亮無關。獸化人不能選擇全獸化還是半獸化，比如熊人不能選擇半人半熊，只能要嘛是人、要嘛是熊。變成動物形態後獸化人可以自由說話。與狼人不同，獸化人基本上是雜食動物。獸化人的壽命也存在個體差異，每一位都不同，總體來說並不太長。獸化人並不具有超越形體的魔法力量，但只要足夠聰明，也可以像人類一樣去主動學習。

附註：值得注意的是，天蛾人和支系犬都不屬於獸化人，這些之後再說～

**僵屍**

一種不死生物，壽命無上限，力量很弱小，外形略嚇人……基本上就是普通概念裡的僵屍。

**爐精**

一種比哈比人還小一點的類人生物，類似白雪公主與七個小矮人的插圖裡那種。喜歡溫暖、喜歡軟綿綿毛茸茸的東西，通常都很善良。因為喜歡坐在爐火邊、且唯一的超自然能力就是讓爐火燒得更好而得名。（他們並不能放火，只能讓別人家的爐火旺盛而已。）

**賽爾波**

一種類人生物，出生時通常有兩到三個身體（並不相連），三個身體的意識是同一個人，主腦長在其中一個身體裡。只擁有一個身體的賽爾波是殘缺的，智力和健康都大打折扣，常常被誤認為是人類。

賽爾波的壽命在三百年左右，非常聰明，智力遠超人類。在三個（或兩個）身體中，如果長有主腦的身體死亡，剩下的身體就會變成弱智（即使以人類的標準來看也是弱智）；如果非主腦身體死亡，剩下主腦身體，此身體的智力也會受損，會變得和人類差不多。

賽爾波可以和人類結合。男賽爾波與女人類的孩子將必然是人類；女賽爾波和男人類的孩子將必然是賽爾波，但是女賽爾波必須所有個體都受孕，然後主腦個體孕育並生產（否則不會成功）。所以與人類結合並不容易。

**山林之靈**

這是一種長壽的、具有一定神奇力量的類人生物。古魔法生物典籍中認為，元素生物、精類（如小妖精、爐精）、精靈（人們認為很美很可愛還盛產弓箭手的那種東西）與山林之靈存在關聯，可以說這幾種生物間是具有遺傳共通性的。

山林之靈擅長治癒小疾病、營養水土、使作物更加茂盛和優良。他們甚至能把已經炸好的薯條都變得好吃不少。

山林之靈被很多人認為是山神一類的東西。古時候，他們還受到德魯伊教的尊敬（這些人知道他們不是神，只是出於敬愛自然的原因而分外敬愛他們）。

山林之靈們的共同特點就是，不管年紀多大，他們永遠有點不成熟的孩子氣。

**惡魔**

這裡的惡魔並非天堂、地獄等宗教概念裡的惡魔，如果以比較常見的說法來比喻，應該是更類似「魔界」、「魔族」等概念。

（惡魔生活在一個叫做深淵的位面，這裡參考了 DND 怪物圖鑑中 Demon 所生活的「深淵魔域」這個概念，但此處的深淵並不等於深淵魔域。）

惡魔分兩種：

人間種惡魔——出生在人類社會的惡魔。他們整體的各項能力較差，由於出生過程中沒有浸染過深淵氣息，所以先天不足。人間種對惡魔魔法的感受力非常弱，只能通過學習人類的古魔法來彌補。人間種的部分特殊能力取決於其血脈，具有個體差異，每一個都不同。他們強於人類以及許多超自然生物，但是又比深淵種弱小很多。人間種也可以回到深淵，但是通常他們不會這麼做，因為在深淵他們太容易死亡。

深淵種惡魔——即在深淵裡土生土長的惡魔。深淵種比較強大，除了低等惡魔（一些智商低下的小魔怪）之外，最弱的深淵種通常也比大多數人間種要厲害。深淵種惡魔分為這幾個等級，從弱到強：無翼—蝠翼—骨翼—黑羽翼（更強大的惡魔也有，但很少見，在此就先不提）。惡魔是否強大和他們的血統有很大的關係，通常骨翼以上的惡魔都是血脈久遠的貴族出身。

深淵種惡魔也可以來到人間生活（惡魔要來到人間非常不容易，他們面臨著各方各面的麻煩，比人類在不同國家之間偷渡都要困難許多），但如果他們在人間生下孩子（無關受孕時間），孩子將成為人間種。

深淵種在人間時，能力會有所劣化，不能發揮出在深淵時的全部實力，即使如此，他們也比人間種要可怕得多。

即使能力相當，人類也很難徹底殺死深淵種惡魔，監禁或驅逐他們要容易一些。

惡魔為什麼要來人間？——當然是為了玩啊！

惡魔的壽命：過於低等的小魔怪只有幾年的壽命，還有些低等惡魔的壽命和人類差不多。人間種惡魔、深淵種惡魔的壽命都和其祖先的血脈有關，具有個體差異。壽命長短和他是人間種還是深淵種無關。

**報喪女妖／報喪妖精**

雖然被命名為「女妖」，但其實他們不一定是女性。因為古時候女性常常被汙名化，所以這種顯得陰寒恐怖的東西才被認為是「女」妖。更精確的說法是「報喪妖精」。（注：可能民間傳說的版本確實就是女性的妖精，但在本書不是……）

成因：他們是一種成因複雜的黑暗生物，通常分為兩種。一種是由不死生物活動留下的力量痕跡、人類施法殘留物等等形成的，另一種是被無頭騎士收割靈魂的人化作的。研究者認為，無頭騎士的收割靈魂能力帶有某種力量，恰好和報喪妖精的自然成因一樣，所以才會出現兩種成因。

報喪妖精們喜歡追隨更強大的不死生物，特別是「誓仇者」這個類型（後文介紹）。自由的、自然形成的報喪妖精會圍繞在誓仇者附近，而被死靈騎士收割靈魂後形成的妖精，則會被束縛在騎士的武器附近（不一定是武器上）。

報喪妖精的轉化：被無頭騎士收割靈魂後，人（或別的什麼東西）的靈魂會被釘在騎士的武器上，遭受寒鐵與怒焰的折磨，直到被轉化成報喪妖精，這些痛苦就會結束。越是強大的生物，所需要的轉化過程就越長，通常普通人類只需要幾個月。

報喪妖精和誓仇者、幽靈、鬼魂等等一樣，擁有永遠的生命，不需要進食。

報喪妖精具有恐懼震懾能力，能夠使活人戰慄到無法邁動腳步。報喪妖精和幽靈不同，他們在白天不能離開蔭蔽，且具有實體，每天夜間可以出門，還能讓自己在實體和虛體之間切換。

## 誓仇者

誓仇者是一類不死生物的統稱，指的是具有特定信仰和力量、並懷恨而死的人。並不是每個符合條件的人死後都會成為誓仇者。他們的共同特徵是，眼眶中看不見眼珠，取而代之的是火苗狀的光點。

誓仇者中最常見、記錄最多的三個大分類：

喪歌詠者——死於獵巫運動的魔女。注意是魔女，不是女巫和無辜的女子。魔女的定義後文介紹。

無頭騎士——在戰場上被斬首的騎士。據說騎士本人與戰馬都被斬首的那種最強大（金普林爵士就是這樣）。無頭騎士的怨念就是尋找頭顱，以及復仇，他們有很長的一段時間會失去理智，不顧一切地想達成這兩件事。如果能夠找到頭顱，他們的神智會恢復正常。

無頭騎士們通常有自己的據點，可能是他的舊宅或墳墓。他們只有夜晚能夠出門，每天夜晚的出巡中只能說一句話，這句話的長短說法不一（金普林爵士認為是不超過一百四十個字母，也許這就是推特的起源）。通常騎士用這句話來念出某人的名字，念出名字後，騎士會追殺此人直至收割其靈魂。沒有頭的騎士也能念名字，這是魔法能力。

（注：只有在戰場上被斬首的騎士才會轉化，被審判斬首的通常不會。）

死靈騎士——當騎士懷有強烈的信仰、沒能完成某種誓約就死去，便有可能轉化為死靈騎士。注意：死靈騎士有頭。

死靈騎士會永不放棄地尋求完成生前的願望，履行誓約，為此不惜傷害任何事物。死靈騎士與報喪妖精有個共通之處：都具有恐懼震懾能力。死靈騎士在白天也能出門，但能力受限，步履艱難；在夜間他們行動自如。

**變形怪**

變形怪是一種非常古老的類人生物，種族起源比山林之靈還要早。變形怪的變形能力非常自由，能夠直接變化成大多數生物（不能變成無生命的物體），但是過於龐大的東西則不行。比如史密斯，他可以變成羽蛇神的外形，但他所變的羽蛇神其實比本尊還小一些。

變形怪擁有讀取表層思想的能力。表層思想是指人在當時當刻考慮的事情，比如學生正打算偷看小抄、男人在對他的戀人說謊、敵人感到恐懼、街邊的大嬸在意淫年輕小伙子……

他們不能讀取深層思想，比如一個殺手打算刺殺某人，但此時此刻殺手正在吃飯，滿腦子都在想「這個起司漢堡為什麼味道這麼怪呢我要不要叫服務生來啊」，那麼變形怪將只能讀到關於起司漢堡的內容。受過訓練者可以抵抗讀心。

變形怪的壽命大約是幾百年，最低的大約二百多年，長壽的可以達到將近五百年，但很少見。

變形怪和人類一樣，有男女兩個性別。他們也可以選擇變化成另一種性別（甚至變成雙性人）來生活。假如男變形怪變為女性外貌，他將只具有女性外表和聲音等等特徵，而不具有女性的更多生理特點（沒有月經、無法生育）。女性變形怪化作男性外貌，同樣會具有男性外表，但不具有生殖能力（即可以像男性一樣性交，但不能使異性受孕）；女性變形怪以男性外貌生活期間不能懷孕，但如果她在變形前就已經開始妊娠，妊娠就不會中止，她得記得在生產前變回女人。女性變形怪本身就沒有月經（有排卵無血），所以這方面看不出區別。

變形怪可以和人類生育後代，孩子有可能是純粹的人類或者被劣化的變形怪，人類的幾率更大。劣化變形怪的壽命和人類一樣，基礎外形是人類外表，且只能在同種族範圍改變外貌（比如一個白人少女可以變成黑人球星，但她將不能變成熊或者羽蛇神）。

變形怪的原始外形很像被整體拉長了的Ｅ．Ｔ，眼睛還比它小一點。由於變形怪的祖先們早已高度融入人類社會，所以他們已經習慣了把人類體徵當成基本形態，當代變形怪幾乎不會再變回原形。

關於體質等等：變形怪的力量、速度等等比人類稍強，但不算特別明顯。當他們受傷時，可以通過變形讓自己脫離危險（比如變成更強壯的東西，減少傷痛的傷害，以便爭取治療時間），但不能直接變成毫髮無傷的生物。

變形怪不能在變化時同時變出衣服。他們必須先變成某人，再穿上合適的衣服。但可以變出特定的毛髮、髮型、紋身、孔洞等等。

說到變形怪，再說個協會裡沒提到的，易形人。

**易形人**

易形人是一種人類的亞種，而不是類人生物。他們的本質是人類，可以變化成其他長相和體態相當的動物。

易形人與變形怪的區別：

讀心能力——變形怪可以，易形人不行。

壽命——易形人和人類一致。

變化能力——變形怪可以變成絕大多數生物，易形人只能變成其他人類或者體態相當的動物。比如一個成年強壯的易形人可以變成同齡女人、可以變成海豹、花豹，或者體態稍大於他的鹿……但他不能變成小兔子，也不能變成超自然生物。

變化方式——變形怪會像一團輕煙或一個幻象般完成變化，而易形人的變化比較慘烈，需要在自己家嚎叫掙扎幾分鐘，過程屬於肉體變化，而不是魔法化形。

**迷誘怪**

莫寧．法爾，和奈特．法爾夫婦是一對迷誘怪。其實他們應該是夫夫，或者婦婦……

迷誘怪是一種人類亞種，和易形人（而不是變形怪！）有親緣關係。他們整個種族只有一種性別，想要繁衍，就必須和人類女性結合。迷誘怪和人類女性的孩子要嘛是人類、要嘛是迷誘怪，不會出現混血。

性別和外表：迷誘怪在出生的瞬間以及日常生活中，看起來永遠是女性人類（像人類一樣有人種區別，人種主要取決於其人類母親），而在情緒非常激動時，就會自動變形成強壯的人類男性，變化後種族特徵不變。

變化時的條件：出現強烈情緒時他們會變成人類男性外表。比如憤怒時、性奮時、驚恐過度時。但是普通的情緒並不會，比如被巨響嚇一跳時他們並不會變身，必須是整個人處於這個情緒中才行。在激動情緒過後，他們不會立刻變回原樣，普遍會保持狀態十到二十分鐘，然後再變回來。

迷誘怪如果和同族戀愛，那麼永遠必然是「同性戀」。他們平時看上去是一對蕾絲邊，在滾床單時則是一對基。就算出現強暴犯罪行為，他們也很難以異性身體進行，因為在害怕和憤怒時他們同樣會變身。而且，迷誘怪普遍個性熱忱而善良，雖然比較容易激動但並不邪惡，很少侵害他人。

迷誘怪的女性身體是沒有生殖功能的，也就是說，即使他去人工受孕也不可能成為媽媽。迷誘怪雖然可以和人類結合繁衍，但無法和其他生物繁衍（比如，變形怪可以和人類混血，但他們和迷誘怪就無法繁衍）。

有一些人類女性會和迷誘怪在一起，看起來是一對蕾絲邊，但其實此女性並不是同性戀。畢竟她的配偶在臥室裡是個男的。同理，也有一些人類男性和迷誘怪在一起，平時看上去是普通夫婦，可在臥室裡他的配偶是個硬漢。活了將近一千歲的血族心理醫生曾經撰文研究這種人類的心理，他認為他們實際上是雙性戀。

**洞穴蜥人**

瑪麗安娜就是洞穴蜥人，當然現在是人類了。

洞穴蜥人基本上生活在南美的隧洞中，族群固定，數量不多，擁有自己的語言和文化。蜥人的皮膚有各種顏色，外形是直立行走的巨大蜥蜴，比人類的平均身高更高，但肢體卻比人類柔韌，擅長格鬥。他們喜歡帶有腐朽氣味的食物，但是普通的食物也可以吃。

蜥人沒有視力，聽覺、嗅覺等等十分敏銳，而且能夠根據空氣中的震動來尋找對方位置。蜥人經常遇到進行洞穴探險的人類，他們會巧妙地隱藏通往自己國度的道路。

蜥人是卵生，一胎很多個，但是他們的卵已經不再是硬硬的卵殼了，而是一層質感輕薄的半透明物體。蜥人的壽命短於人類，通常最長也超不過三十年。（不過瑪麗安娜已經徹底變成了人類……）

蜥人和人類有生殖隔離，但可以和蛇髮獸混血。（蛇髮獸見下面介紹）

**蛇髮獸**

原始蛇髮獸就是指梅杜莎，後來她們和洞穴蜥人、掘穴盲族（一種無視力無色素的洞穴人類亞種）等等雜交，形成了現代的蛇髮獸：有雙腿，身高外貌類似女性人類，頭髮是扭動的細蛇。

蛇髮獸全都是先天的盲人，不能看到彼此的臉，也不會看到自己鏡子中的臉。他們的外形都是女性，但其實分為男女兩種性別，男性蛇髮獸也具有女性的第二性徵擬態物。

生物如果看到蛇髮獸的臉，會被化為石像。值得注意的是，這並不是蛇髮獸的眼睛造成的，並非射線效果，而是蛇髮獸的面孔造成的。所以，閉上雙眼可以保證不被石化（但閉上眼後你可能會被蛇髮獸掐死……）。

蛇髮獸的壽命上限略長於人類，大約在一百五十到二百年之間。

## 支系犬

支系犬並不是類人生物，他們本質上是狗，而不是人。

據說支系犬的由來是：當世上出現狼人，並有狼人死亡時，一些古老血統的家犬啃食過狼人的內臟，發生變異，形成支系犬。支系犬在白天時是狗，晚上才能變成人，他們的噬咬不具有任何感染性（……也許除了破傷風和狂犬病），也不能選擇變成半獸半人形態。據說越純種的狗之中越容易有支系犬。

飲食：支系犬的飲食結構和家犬完全一樣，可以吃一部分的人類食物，就像人類也喜歡這樣餵食自己的狗狗一樣。狗吃了會死的食物，他們吃了也會死的。

繁衍：就和狗的繁衍一樣。兩個支系犬的後代仍是支系犬，支系犬和普通狗狗的後代有一半幾率是普通狗狗。支系犬即使化作人型，也無法和人類結合生子……因為狗也不行啊。

壽命：和人類差不多，有些犬種略短。

能力：支系犬比普通狗的智力優秀很多，加上壽命較長，他們之中有不少能夠學會人類的語言，但不會認字和書寫。

## 魔女血裔

魔女起源於古代女祭司血統。她們繼承了已經消失滅亡的古魔法生物血脈，長久以來只將能力傳授與女性（男性也能獲得，但能力弱，且在戰爭中男性消亡快），後來漸漸得到魔女血裔的稱號。

「魔女」與「女巫」不是同樣的概念。女巫是指修行和使用巫術的女人，而魔女是一種特殊血脈，指擁有此種血脈的生物。發展到後來，這個詞所指的不一定是女性，男人或者繼承魔女血裔的任何生物都被稱為魔女。

魔女之血的最基本功能就是，它能夠代替任何普通施法材料，只有一些大型器具的法器不能被替代。男性魔女的天生法術能力較弱，但仍然比普通人更容易掌控魔法。

## 靈媒獸

約瑟夫老爺！黃白貓！（約瑟夫老爺有原型，原型是貓叔……）

靈媒獸並不是貓，他們是一種靈體，借助貓的胎兒誕生，然後用靈魂驅動身體，使身體變得更強韌、能直立、壽命更長。靈媒獸天生具有遺傳記憶，將魔法與知識代代相傳。古時候有很多施法者喜歡帶著貓，其實貓不一定是寵物，很可能那隻貓其實是法師的指導者。

靈媒獸可以吃任何食物——只要不超過胃的容積，能夠吃各種美味的同時，也必須適當攝入貓需要的營養。

一個貓身體大約能使用一百年，之後就無法再用同一個身體了，就要鑽進其他貓胚胎來降生。靈媒獸靈體本身的壽命是無限的，數量有一定的定量，通常除非現存靈媒獸大量死亡，否則不會有新的靈媒獸出現。新的靈媒獸會從小貓的胎兒中直接出現，然後慢慢學著掌握其他技巧。

——附錄〈不科學的怪物目錄〉完

高寶書版集團
gobooks.com.tw

BL059
**無威脅群體庇護協會04(完)**

作　　者　matthia
繪　　者　hinayuri
編　　輯　林雨欣
校　　對　薛怡冠
美術編輯　林鈞儀
排　　版　彭立瑋

發 行 人　朱凱蕾
出　　版　三日月書版股份有限公司
Printed in Taiwan
地　　址　臺北市內湖區洲子街88號3樓
網　　址　www.gobooks.com.tw
電　　話　(02) 27992788
電　　郵　readers@gobooks.com.tw（讀者服務部）
傳　　真　出版部　(02) 27990909　行銷部 (02) 27993088
郵政劃撥　50404557
戶　　名　三日月書版股份有限公司
發　　行　英屬維京群島商高寶國際有限公司台灣分公司
Global Group Holdings, Ltd.
初版日期　2021年10月

國家圖書館出版品預行編目(CIP)資料

無威脅群體庇護協會/ matthia著.-- 初版. -- 臺北市：三日月書版股份有限公司出版：英屬維京群島高寶國際有限公司臺灣分公司發行, 2021.10-
面；　公分. --

ISBN 978-986-0774-25-2(第4冊：平裝)

857.7　　110004357

三日月書版

三日月書版

GOBOOKS
& SITAK
GROUP ©

GOBOOKS
& SITAK
GROUP©